U0525847

本评论集由上海文艺评论专项基金资助出版

商务印书馆(上海)有限公司
The Commercial Press (Shanghai) Co. Ltd.　出品

翻滚的钻石

朝花副刊文艺评论集萃·2021

伍 斌 主编

商务印书馆
The Commercial Press

图书在版编目（CIP）数据

翻滚的钻石：朝花副刊文艺评论集萃：2021 / 伍斌主编. — 北京：商务印书馆，2023
ISBN 978 – 7 – 100 – 23220 – 3

Ⅰ.①翻… Ⅱ.①伍… Ⅲ.①文艺评论 — 中国 — 当代 — 文集 Ⅳ.①I206.7 – 53

中国国家版本馆 CIP 数据核字（2023）第221933号

权利保留，侵权必究。

翻滚的钻石
朝花副刊文艺评论集萃·2021
伍　斌　主编

商 务 印 书 馆 出 版
（北京王府井大街36号　邮政编码100710）
商 务 印 书 馆 发 行
上海盛通时代印刷有限公司印刷
ISBN 978 – 7 – 100 – 23220 – 3

2023年12月第1版　　开本 889×1194　1/32
2023年12月第1次印刷　　印张 8½
定价：78.00元

出版说明

评论为创作之镜鉴，为现象之诊疗，为趋势之前瞻，在中国文苑独成风景。尤其在建设国际大都市的上海，对文艺评论之倚重、扶持，对评论人才队伍的建设、充实，近年蔚成风景。作为上海市委机关报的《解放日报》，其文艺评论版自得到上海文艺评论专项基金扶持，于2012年7月13日在已有60余年历史的中国著名文艺副刊——朝花副刊创办以来，积10余年、500余期耕耘积累，已成为体现上海和中国媒体文艺评论发展水平和风向的标杆性评论副刊。

朝花副刊文艺评论集萃，即从每年的文艺评论版和上观新闻APP"朝花时文"栏目掇英撷华，精选精彩艺文评论数十篇，其写作力量涵盖全国知名评论家、学者、理论工作者及活跃的媒体评论员等。文萃对于文化发展、文艺创作、文化趋势展开前沿追踪、深度解读、思考把脉，也从阶段性评论史维度对年度文艺大类进行盘点；既有坚持直言快语、锐评风格的现象批评，更有快、热、短、准的作品快评，能够比较准确地通过评论这面镜子，反映中国影视剧、文坛、舞台、展陈、文创等领域各年度的热点内容。

相信该文萃系列评论集的出版，将成为中国文艺评论家在批评阵地耕耘成果夺目的年度呈现平台，以立场、高度、深度与活跃度，鲜明建树党报文艺评论品牌，放大与远播主流文艺评论之声，有力推动创新、创作、创制，培养和扶持优秀创作、评论人才，以大美的评论，呈现于文化繁美的大时代。

序

仲呈祥

《翻滚的钻石》即将付梓出版了，它是《解放日报》2021年的朝花副刊文艺评论集萃。编者约我为之作序，委实不敢，但作为这一副刊文艺评论的老读者，受益多年，又觉却之不恭。于是从实招来些许感慨，权且充序。

新时代亟须加强文艺评论，这呼声甚高。文艺创作与文艺评论，如车之双翼，须比翼齐飞。但多年以来，评论落后于创作，是不争的事实。习近平总书记就强调，文艺评论要褒优贬劣，激浊扬清，引导创作，引领风尚，要把好文艺评论的方向盘。报纸副刊，是文艺评论的重要阵地之一，文艺评论也是副刊的必备特色之一。作为中共上海市委机关报《解放日报》的朝花副刊，有着重视文艺评论的优秀传统，曾发表过许多精湛的文艺评论。这本"朝花副刊文艺评论集萃"，分为"现实的戏局不分昼夜""装睡的人，该醒醒了""平和与包容的情书""它承载着精神原色"四部分，既表明了编选者的眼光，也全面展示了2021年文艺评论家们在这块阵地辛勤耕耘结出的丰硕成果。

万勿小看报纸副刊文艺评论的作用。它不仅从一个不可或缺的方面标志着报纸的思想水准、文化品位和美学意蕴，而且在及时推荐佳作、批评错误倾向和劣作、培养造就创作与评论新人上也发挥着不可取代的重要作用。从一定意义上讲，当年刘心武的《班主任》

及其在新时期现实主义文学复苏中的地位和价值,谌容的《人到中年》及其在知识分子题材小说中的标志性意义,都离不开报纸副刊发表的著名文学评论家朱寨先生的文艺评论文章。而像我这样走上文艺评论道路并成长为文艺评论工作者的人,则主要是《人民日报》《光明日报》《解放日报》《文汇报》等副刊文艺评论阵地培养的。唯其如此,我对报纸副刊的文艺评论阵地,怀有一种特殊深厚的感情。

我的恩师钟惦棐先生,生前亦谆谆告诫我要多读报纸副刊发表的文艺评论,多为报纸副刊撰写文艺评论。他自己就以身垂范,在新时期电影评论史上具有经典意义的电影评论《〈牧马人〉笔记》《谢晋电影十思》就分别发表在《光明日报》和《文汇报》上。他要求我在文艺评论中要努力做到四条:一是理论指南上"行不更名,坐不改姓,笃信马克思主义,操马克思主义批评的枪法";二是在学理学术上须有定力,万勿趋时追风,今日说东,明日说西,结果自己本身就不是"东西";三是务必坚持从中国文艺创作和评论的实际出发,西方理论中适合中国国情的有用的东西当然应当学习借鉴,但万勿生吞活剥地用西方理论去阐释和剪裁中国人的审美实践;四是力倡文艺评论者下功夫"读点哲学""读点历史""读点鲁迅",提高自身的学养、素养、修养。上述四条,我愿录此与文艺评论界的诸位朋友终生共勉!

目 录

1 现实的戏局不分昼夜   1

在科幻叙事中,现实的戏局不分昼夜 / 曹晓华   3

五环之光:从创意嬗变中看文化软实力 / 金　涛   10

戏曲电影如何做"翻滚的钻石" / 胡晓军   19

昆剧表演艺术的不变之变 / 罗怀臻   29

新时代诗歌有亮点,也有口水化痼疾 / 张德明   36

解析文化遗产保护的"泉州样本" / 从　易   42

戏曲传承中的伪命题与真学问 / 单跃进   48

传统文化的Z世代青春力 / 胡　笛   52

国漫发展还差了"哪一口气" / 钟　菡   58

饭圈乱象背后的文化逻辑与经济动因 / 杜　梁   67

2 装睡的人,该醒醒了   75

国产电影市场要档期,而非"档期依赖" / 张富坚   77

止刹歪风　回归本分　为艺为人　德艺双馨 / 胡凌虹   85

如何激浊扬清，艺术家如是说

　　／　丁申阳　孙甘露　黄豆豆　简　平　　　　91

刹住"唯流量"歪风　还"清朗"网络空间　／　曾于里　96

某些"悬浮剧"，观众看出了"剧怒症"　／　杜　浩　101

明星与演员之间有道分水岭　／　赵　畅　　　　104

国产剧过度依赖滤镜之风不可取　／　张萌萌　　108

坚守"为艺之道"，让"艺术"重回舞台中心　／　韩浩月　111

"媛媛"不断，昙花一现，却污了原本美好的一个词

　　／　陈鲁民　　　　　　　　　　　　　　116

"饭圈"里太多装睡的人，该醒醒了　／　兔　美　119

3　平和与包容的情书　　　　　　　　　　　　123

《人间正道是沧桑》纪念碑式的阳刚之美　／　杨　扬　125

《觉醒年代》为历史和观众构建心理链接

　　／　赵路平　王　婷　周　晗　　　　　　129

话剧《前哨》的姿态　／　厉震林　　　　　　　135

那朵小红花，是走出狭隘自我的"青春之歌"　／　刘　春　141

现实以外的某一个地方，遇见心灵之美　／　赖声羽　146

人物与叙事"迂回前进"，完成信仰升华　／　邱　唐　151

《扫黑风暴》：大尺度与小细节的"爆款"　／　郭　梅　155

这一地鸡毛，打破了写实主义"生活流" / 黄 轶	161
全景式《跨过鸭绿江》，实现向历史深处的凝望 / 忘 川	166
"海水变蓝的故事"是作家们的，也是农民们的 / 刘芳旭	170
《爱情神话》是一封写给上海的平和与包容的情书 / 任 明	173
生命中不能承受的烟火之重 / 刘金祥	176
《战上海》：红色题材杂技剧的审美探索 / 姜学贞	181
"角色"塑造成功了，"流派"就在其中 / 任海杰	187
文学会客厅，让"热爱"相遇 / 狄霞晨	190
安藤忠雄的青苹果，是一种挑战吗 / 李 村	193
人性之上高悬的那面镜子 / 林 奕	197
风入海上，带来别样审美体验 / 张立行	201
古典走进现代，如同对生活庸常的打破 / 林 霖	204

4 它承载着精神原色　209

回望历史与凝视现实，多了一层色彩 / 王德领	211
它承载着时代精神原色，丰沛而美丽 / 古 耜	220
主旋律是一曲大地之歌 / 涛 歌	229

国潮正当时，文艺谱新篇 / 李 愚　　　　　　　　　　　238

献礼剧：致敬、描绘与展望 / 杨 毅　　　　　　　　　245

激活想象力、创造力，抬升当代电影创作地平线

　　/ 李建强　　　　　　　　　　　　　　　　　　　251

电视剧如何演绎成功的"中国提喻法" / 程 波　　　　256

1

现实的戏局不分昼夜

在科幻叙事中,现实的戏局不分昼夜

曹晓华

"人工智能编剧(在黑暗中说):这才是故事的高潮。"这是科幻小说《时间剧场》的尾声,也是人机共写项目《共生纪》中的一个篇章。这场11位科幻作家和AI的合作,在微博持续更新两个多月后,于今年初落幕。

谢幕亦是高潮,结局只是开始。AI写作固然是这一文字实验的主角,可读者不难发现"人机对话""亲情""性别"等社会现实,构成了科幻舞台的"底色"。林林总总的现实投射,并未给人机协作戴上枷锁,而是彼此成就。当今社会,技术已不仅是增强现实,更创造了现实的镜像,人们在虚拟和现实之间彼此联结,重新定义生存法则。科幻创作与科技进步相伴相随,观照数字浪潮起伏下的人性变迁。

科幻,从不是逃避现实,它不仅是对未来的预演,也是"打开"现实的一种方法。无论何时何地,现实元素总能为科幻叙事提供灵感和动力,引发读者的共鸣。

"舶来"的科幻在中国繁荣生长

科幻小说在清末作为"舶来品"来到中国,国人一开始将其称为"科学小说",就已经暗含了中西科幻创作具有不同的精神特质。中国的"神仙志怪"从不缺乏"幻想",老者与童子,书生与狐仙,乞丐和道士……现如今在网络文学中依然活跃着这些故事的变形,足见其人物情节的生命力。而来自西方的科幻,天然地带着启蒙运动的光芒和工业革命的轰鸣,其中的科技认知构成了国人对现代科学乃至西方文明的部分想象。于是,荒江钓叟的《月球殖民地小说》里有了热气球游历后的破镜重圆,陆士谔的《新野叟曝言》里有了科技昌明的宇宙强国,梁启超的《新中国未来记》将血气方刚的少年中国提前展现在读者面前,鲁迅译介凡尔纳的《月界旅行》和《地底旅行》更是成为一则文坛佳话。这些科幻作品作为蹒跚起步的"雏形",将社会现实、政治抱负、传统审美熔于一炉,成为一种诞生在救亡启蒙年代的杂糅式创作。虽然有的作品无法摆脱旧式章回小说的俗套,有的偏重于政治理想的宣扬,但可以确定的是,这些创作者都想把代表着科学文明的拼图,嵌入中国未来发展的版图。

中国科幻诞生伊始的文化语境,决定了中国的科幻小说自始至终都有一种强烈的现实参与感,以一种指向未来的方式拥抱现时发生的一切,给予人们改变现状的力量和勇气。若对如今中国科幻的热潮进行追溯，其中最明晰的公众记忆应是2015年刘慈欣的小说《三体》荣获雨果奖"最佳长篇小说奖"，2019年根据刘慈欣同名科幻小说改编的电影《流浪地球》以近50亿元票房又一次引爆大众的科幻热情。近年来，除刘慈欣、韩松、王晋康等科幻作家依然笔耕不辍，科幻小说界也不乏后起之秀，如陈楸帆、飞氘、宝树、王侃瑜等。韩松继《医院》三部曲之后，又将《地铁》《高铁》和《轨道》三部作品重新修订，以"轨道三部曲"再度面世。在高速运转的现代交通工具上，描绘映衬在车厢玻璃上的现代性姿容。陈楸帆再版的旧作《荒潮》中，科技进步背后的环境代价以及与之缠绕的人性异变，在今天依然是发人深省的话题。而在他最新出版的短篇小说集《人生算法》和《异化引擎》中，除了精巧的灵感与构思，最引人注目的还有《恐惧机器》和《出神状态》这样的AI写作实验，其中的部分文字正是出自《共生纪》项目所用的AI雏形。王侃瑜的短篇《语膜》，探讨翻译技术大行其道的未来世界，人类如何避免"失语"。在科技发达的未来，打破日常惯性，"惊觉"科技的另一面，保持独立清醒的认知，这样的创作思路在她的科幻短篇小说集《海鲜饭店》中也得到了延续。从宏大叙事到细微生动的个人体验，近年来的科幻创作从不同的角度展现了科技时代中国故事的活力。这与百年前的科幻叙事相比，自有一番新气象。

下一个"惊奇故事"在哪里

1926年,"科幻杂志之父"雨果·根斯巴克创办了第一本真正的科幻杂志《惊奇故事》,安置了无数科幻迷的心灵。雨果奖即是以他的名字命名的。虽然刊物存续的时间不长,却奠定了科幻创作的主基调——为不同时代的读者提供属于他们的"惊奇故事"。这是一个挑战。

刘慈欣的"三体世界"的确振奋人心,《流浪地球》的成功又提升了公众的期待,这些表明中国科幻文坛近年来的创作力不容小觑。无论是读者还是观众,都在翘首以盼下一个"惊奇故事"。不过,如果从2006年《科幻世界》的连载开始算起,"三体"IP的酝酿迄今已有十余载,现在尚未真正"破茧成蝶"。韩松的《地铁》最初的灵感,还要追溯到2001年北京那场罕见的大雪。极端天气造就了异常庞大的通勤人流,超现实的场面促使韩松写下了短篇小说《地铁惊变》,之后有了长篇小说《地铁》。20年后的读者可能在地铁车厢中读到韩松的小说,仍可以通过文字想象那种陌生又熟悉的体验。科幻小说中塑造的另一重封闭空间,能在多年之后继续承载现实的回响,固然是件好事,但另一方面,中国科幻图书市场对头部作品的依赖也是不争的事实。《2020中国科幻产业报告》显示,2019年科幻图书市场头部效应更加凸显,屈指可数的头部畅销书(《三体》系列、《银河帝国》系列、凡尔纳科幻系列)撑起了绝大部分的科幻图书零售市场。比如《银河帝国》系列2019年一年销量高达124万册，《三体》也长期霸占畅销榜前列。2019年初《流浪地球》的热映带来了可观的科幻图书销量，然而随着时间的流逝，这种热度正在消减。

市场的反应，至少能勾勒出科幻创作现状的一个侧面。如果从文坛的内部进行观察，中国科幻创作并未出现青黄不接的现象，但为实现读者更大的期望，中国科幻还有很大的提升空间。毕竟，诸如凡尔纳科幻系列的《海底两万里》《八十天环游地球》等作品，对于科幻迷来说已类似于科幻"考古"。19世纪蒸汽朋克的怀旧，已经很难引起21世纪新奇的悸动，而这种悸动对于维持科幻文学的生命力而言至关重要。在可以预见的将来，当"三体"效应的光环褪尽，《三体》成为像凡尔纳科幻系列这样的"考古"经典，满怀期待的读者和观众，又要把视线投向何方？属于中国的下一个"惊奇故事"在哪里呢？

现实的"热土"给科幻提供动力

孕育"惊奇"需要养料，科幻创作特别依赖创意，但片刻的灵感不足以为科幻写作提供持续不断的能量。与此同时，正是因为科幻制造了虚拟与现实之间的紧张感，使相关的创作虽然根植于现实，却又超越现实。这导致对具有前瞻性特质的科幻作品，一开始的公众接受度可能并不理想。1982年上映的科幻影片《银翼杀手》，改编自菲利普·迪克1968年出版的小说《仿生人会梦见电子羊吗？》。无论是原著小说还是改编的电影，在被历史"正名"之前都经历过漫长的沉寂。数十年后，当人们置身于人机交互时代，才发现作品中复制人罗伊的遗言其实是留给未来人的"预言"。同样，"三体"系列庞杂的故事设定，也是经过时间的锤炼而为公众所接受。在科幻作品发展的历程中，科幻与现实的互动关系一再成为热议的话题，而科幻现实主义也被屡屡提及。的确，现实的"热土"，能给科幻提供更多的动力，而科幻的"天马行空"，又总与现实彼此相连。

在2013年星云奖颁奖典礼暨"科幻照进现实"高峰论坛上，陈楸帆再提科幻现实主义，而他迄今为止的唯一一部长篇《荒潮》在当时摘得了最佳长篇科幻小说银奖。这部作品没有跳脱的奇思妙想，而是以作者熟悉的广东农村为原型，从电子垃圾的蔓延展开故事。刘慈欣在题为《用科幻的眼睛看现实》的演说中，认为科幻文学要从现实的角度考虑人类终极目标，因而在这种上下求索的过程中，科幻的世界愈加丰富多彩。值得注意的是，"科幻"与"现实"之间并非二元对立的关系，而是可以互相解读和补充，这并不会削弱科幻自身的美学特质。相反，这正是一种基于中国文学叙事传统的创造性演化，继承了文学创作的历史使命，并且承载着当代人们澎湃的未来想象。罗杰·加洛蒂曾经借莫奈、毕加索等人的创作探寻"无边的现实主义"，当人们不再以"凝视"观察周遭的世界，现实的限度被拉伸，创作也发生了革新。韩松不止一次地指出科幻创作中包含的"现实性命题"。现实有其"重负"，"重负"之下精神拷问的烈度与强度，能够锻造出作品更加坚韧的精神内核。

科幻正在突破、延展现实的边界，在驳杂的数字表征中看到人性的膨胀与萎靡，促使我们不断思考该往何处去。而今公众对于"科幻"的解读形形色色，每一条基于自身经验的释义都犹如毕加索笔下的一个侧面，当所有的释义拼接起来，才能在看似突兀的光影和线条间把握住动态的科技现实。

虚拟的舞台永不谢幕，现实的戏局也不分昼夜。如此"打开"现实，下一个"惊奇故事"必定丰饶、立体而又生机勃勃。

五环之光：从创意嬗变中看文化软实力

金 涛

从北京的"无与伦比"到东京的"史无前例"，作为奥运会的重要时刻，开幕式总是万众瞩目。这一刻，没有竞赛，只有流光溢彩的永恒瞬间。

奥运会开幕式堪称四年一度的全球"超级碗"，它是国家、城市的文化软实力向世界展示的绝佳窗口。奥林匹克的宗旨，是要为全世界各种文化营造一个相互尊重、包容、欣赏和交流的舞台，东京奥运会开幕式引发的热议表明：如何面向世界成功构建国家叙事，依然是人们要面对的一大挑战。

雅典奥运会开幕式总导演帕帕约安努说，开幕式的主角不是运动员，而是举办国和她的国民。这是特殊的场景，每一个细节都会被人过度解读。在大众眼里，奥运会开幕式从来都不是一个简单的仪式，它寄托了国家认同、民族自豪和人类愿景，包含了硬科技，代表了软实力，好比那万众瞩目的巨环，闪耀着国家、民族、历史、城市和文化的五色之光。

美学：特征、流变和趋势

自从顾拜旦创办现代奥运以来，奥运精神一直是所有仪式活动的生命、灵魂和核心。开幕式作为奥运会最盛大的典礼，肩负着两大功能：一是演绎和表达奥运精神，二是塑造和传播国家形象。

自从1984年洛杉矶奥运会首次把点火变成仪式后，开幕式和始于1936年柏林奥运会的圣火传递传统一样，成为一种以圆形体育场为固定场地的节事活动范式："五环"是符号，"圣火点燃和熄灭"是标志，"运动员入场和宣誓"是程式。符号、标志和程式本身都是没有情感的，赋予其意义才是美。

每一届开幕式，东道主都围绕这些程式化的环节，展开绞尽脑汁的创意大战。例如，仅仅一个圣火点燃，就几乎穷尽了人类的想象：1984年的洛杉矶，一个"太空人"凌空而降，点燃五环；1992年的巴塞罗那，西班牙残疾运动员拉弓引矢，一箭射中远处的火炬台，创造了难以复制的经典；1996年的亚特兰大，身患帕金森病的拳王阿里用颤抖的双手点燃火炬的那一瞬间，是奥运史上的一个感人画面；2000年的悉尼，澳大利亚短跑名将弗里曼站在水中央将圣火点燃，演绎了奥林匹克的"冰与火之歌"；2008年的北京，李宁在"鸟巢"上空，伴随着"祥云"卷轴的徐徐拉开，以空中漫步的方式点燃了圣火……圣火，在开幕式的语境中，不单纯是形式，它本身即是目的和内容,点火是人类社会最原始的行为,也隐喻了奥运会开幕式中一些最朴素的美学特征:可传递、可复制和可持续。

虽说是镣铐之舞,却也在脱茧而生。从20世纪末开始,奥运会见证了经济全球化的鼎盛和退潮,经历了从大国竞逐的"香饽饽"到过度商业化后的"烫手山芋"时世之变,面对互联网技术的飞速变化和Z世代崛起的种种挑战,四年一度的奥运会开幕式在表达"多样性统一"的同时,精准反映着时代、社会和思潮的变迁。

在笔者看来,近40年来的奥运会开幕式,从美学风格上说大致有三个阶段的呈现:第一阶段是1984年到1996年,洛杉矶、汉城(今首尔)、巴塞罗那和亚特兰大的奥运会,是以"体育场"为核心的开幕式,即基本还是以体育场为框架策划内容,表演形式传统,制作风格比较典雅。第二阶段是2000年到2008年,悉尼、雅典和北京这三届奥运会,是以"多重空间"为核心的开幕式,即开始尝试打破体育场,追求大装置、大视觉和大制作,例如用"水"和"影"丰富表演空间,风格上凸显华丽。第三阶段是2012年到2021年,伦敦、里约和东京这三届奥运会,是以"舞台"为核心的开幕式,回归小制作,聚焦体育场的中心草坪,影像技术日益流行,表演风格松散,风格简约,强调绿色环保,开幕式分别做成了音乐节、狂欢节和歌舞祭。

不可否认,2008年北京奥运会是一个分水岭,"鸟巢"开幕式的50分钟,在全球观众面前呈现了前所未有的视觉景观,不仅把体育场传统"人的表演"做到了极致，更重要的是借用"卷轴"的显示屏，带来了影像技术的革命。它对开幕式制作理念的影响至今可见：超大团队的集体表演已不复再现，取而代之的是技术主义的盛行。三维动画技术、数字虚拟成像及大屏高清显示技术得到普遍使用。

由繁至简，奥运会的开幕式开始归于平淡。这里有政治和经济的因素，有疫情的影响，更有创意本身的规律。从伦敦到东京，大致可以窥见未来奥运会开幕式创意的一些趋势。例如，自觉运用最新数字影像技术表现创意；大多采用联合团队跨界合作；越来越推崇低碳环保的小制作理念；故事挖掘广泛融入本土元素。不管怎么说，人和技术始终是开幕式的看点和要素，前者构成故事，后者制造奇观。正如本届东京奥运会开幕式上，1824架无人机表演的"夜空中最闪亮"的蓝色星球、"活动变人形"的50个奥运运动图标，带给人们的感动，既来自形式的恢宏，也来自创意的巧思。

叙事：主题、结构和符号

在开幕式面前，每一位导演都会达到艺术上的极限。他要细致地拿捏人和技术、仪式和表演、故事和场景的分寸，在有限的时间内找到合适的载体，讲好本土和全球的故事，这对国家、团队乃至个人都是巨大考验。

以往，奥运会开幕式的导演团队多由熟悉舞台艺术的舞蹈编导为主，如今，开幕式的导演团队主要由熟悉影像画面的影视导演担纲，这种变化取决于开幕式特有的叙事模式。

主题，是奥运会开幕式的核心价值体现。古希腊对于力与美的追求延续至今，奥运会对团结、凝聚的向往始终如一。每一届开幕式在主题演绎方面一般要处理好三对关系的统一：奥运精神和城市个性，历史传承和时代进步，内在价值和意象形式。成功的开幕式做到三者之间的平衡，才是饱满的。就城市个性，例如，1992年的巴塞罗那，人们汇聚在"永远的朋友"主题下，开幕式以巴塞罗那城的建立为背景，酣畅淋漓地展示了"奥林匹克海"（即地中海）旁加泰罗尼亚这片"激情的土地"；就历史传承，例如，2004年的雅典，"奥运回家"的主题勾连起从克里特文化到现代奥林匹克的千年脉络，文艺演出用古典的肢体语言复现了神话和传奇；就意象形式，例如，1988年的汉城，主题是"和谐与进步"，主题曲《手拉手》成为开幕式最动人的遗产，那是当年全球的至美和声。由此可见，主题是复调非单一，重要的是表现手段要简单。东京奥运会开幕式提出了"情同与共"，这是一个全球主题，但在意象形式方面，没有找到合适的承载。

文化展示是开幕式的核心段落，开幕式上的表演大多遵循篇章式的戏剧结构，按时间进行线性叙事，最常见的即是"过去—现在—未来"三段结构，即展示一幅表现发展的历史进程到对未来憧憬的全景图。

令人印象深刻的开幕式，都有堪称华彩的乐章。雅典奥运会开幕式再现了希腊民族史诗叙事的能力，其中，"历史的年轮"章节，演绎了从荷马时代到现代雅典的西方文明史，被称作是艺术史教科书式的表演。北京奥运会开幕式同样采取了上下体的史诗叙事：上篇"灿烂文明"，旨在向世界展现古老文明的中华文化；下篇"辉煌时代"，表现中国对未来的憧憬。五千年文明和百年强国梦，浓缩在短短50分钟的表演中。伦敦奥运会开幕式则是由"田园生活、工业革命和走向未来"三个章节串联而成，展示了英伦三岛的历史、文化和现代社会风情画卷。除致敬历史外，还不忘展示创意精神。英国人试图打破传统开幕式场景式的框框，植入带着女王跳伞的詹姆斯·邦德、与伦敦交响乐团共演的憨豆先生，借由知名角色的贯穿，把开幕式变成有情节设置的故事，显示英伦文化深厚又不失幽默的戏剧传统。篇章式结构深受电视转播效果的影响，导演把内容分成若干个章节，每个章节时间不长，但都有一个重点，给人以较强的视觉冲击和心灵震撼，从而使整个开幕式高潮迭起。

符号，或者说本土文化元素的提炼是叙事的点睛之笔。奥运会开幕式的文化元素一般来自三方面：一是神话，具有民族特征的神话是天然的故事原型；二是历史，文明、国家和地区的发展历史是绝佳的故事素材；三是器物和图腾，具有本土传统文化特征的代表器物和标志图腾。

我们看到，那些成为经典的开幕式，总是根植于本土的精妙表达。雅典奥运会最浪漫的符号是"水"。希腊人用2163吨水，把引以为傲的爱琴海搬进了体育场，会场中央一汪碧蓝清水，奥运五环在激情燃烧，古希腊雕塑在空中神奇组合，历史长河和文明之水交错，那一幕，似梦瑰丽。北京奥运会最神奇的符号是"火"。由29个焰火组成的大脚印，沿北京城中轴线，到达"鸟巢"上空，在奥运会开幕式的现场，中国人发明的火药有了现代的语言和阐释，那一刻，百年梦圆。伦敦奥运会最重要的符号是"音乐"。开幕式用了类似音乐剧的表现形式，以20世纪60年代至今的英国流行音乐演进为线索，串联文学、戏剧、电影等元素，那一夜，魔幻与现实交织。从某种程度上说，本土元素的全球表达，和全球主题的本土叙事，是开幕式的一体两面，相辅相成。

传播：挑战、理解和包容

长久以来，奥运会开幕式是全球媒介事件，凭借电视转播的收入，奥运会也建立了一整套较为成熟的商业运作体系。在互联网媒介高度发达的今天，开幕式的全球传播，呈现了十分复杂的"交染"效应。开幕式既是文化创意力的比拼，也是对国际传播力的考验。

自从1936年柏林奥运会开创电视转播以来，奥运会的发展和媒介技术的进步紧密相关。21世纪以来,奥运会的传播格局和手段已经发生重大改变。东京奥运会是一次真正意义上的"屏幕上的奥运会",其带来的挑战也是多方面的。

比如,跨屏传播带来的信息过载问题。因疫情因素,东京奥运会创新了赛事传播方式。首先,因为闭门举行,观众比任何时候都依赖高清屏幕来体验奥运盛会;其次,奥组委主动放松了对转播权的限制,鼓励运动员使用社交网站,运用视频连线,促进了场内外互动氛围;再次,互联网社交媒体的发达,使得信息交换更加频繁,观众介入奥运会的程度加深。东京奥运会官方转播服务商拍摄的画面长达9500小时,首次以超高清制作奥运内容。开幕式中白衣似仙的哈萨克斯坦女旗手,闭幕式里演讲台五环标识上的一只飞蛾,都迅速成为全球热点,引来弹幕无数。

又如,跨文化传播带来的"文化折扣"问题。东京奥运会开幕式所引发"看不懂"的吐槽,撇开主办方自身的原因,也是观众以往对奥运会开幕式的刻板印象,以及对日本文化不熟悉和不了解所致。在笔者看来,东京奥运会在创意上有诸多可取之处。其一,知其文化底蕴。开幕式固然低调、冷感和悲情,但绝不平庸。正如旅日学者指出,森山的现代舞诠释了日本文化中异怪与物哀的一面,在日本文化中,从不避讳死亡,白色象征圣洁和神灵。克制、极简和朴素的审美映射了日本人对于当下和生活的理解。其二,感其奥运情结。开幕式于细微处见传承，开幕式上的木制五环，取材于57年前东京奥运会栽下的树种，"超级变变变"的哑剧表演，隐喻着奥运运动图标始于1964年的东京，于细微处表露出日本人对奥运文化的理解，以及对奥运精神的传承。其三，悟其思维方式。岛国素来讲究意境之回旋：呼应和传承。开幕式的"木之五环"联结的是日之耀（1964年），闭幕式的"光之五环"表达的则是月之辉（2020年）——这种叙事结构，隐约映射着大和民族的思维方式，用日和木展现本土，用月和光表达世界，东京奥运会的两大主题：崛起和团结，在五环符号下达到和谐和统一。不能不说，这样的视觉是饱含情感的，创意是超越自身的。

　　奥运会开幕式，其实是一场走向世界的探险。形式上，它是一个超级璀璨的碗；内容上，则是一瓢高度浓缩的汤。文化意蕴深厚，历史信息丰富，主题意象多变。掌握和品味其真谛，需要有跨文化输出的软实力，即创新、包容和融合的学习能力；亦要有跨文化解读的软实力，即尊重文化差异，保持开放自信，学会欣赏并理解他人。

戏曲电影如何做"翻滚的钻石"

胡晓军

电影的写实性与戏曲的虚拟性

越剧电影《何文秀》在长三角地区联映。《何文秀》是越剧尹派保留剧目,此次搬上银幕,一是为纪念德艺双馨的人民艺术家尹桂芳,二是向中国电影史致敬——中国的第一部国产电影,正是一百多年前的京剧影片《定军山》。由此笔者认为,借《何文秀》的上映还可将话题延伸至第三个——戏曲电影曾为国产电影贡献了"第一部",百多年后还会为中国电影带来什么样的收获?

越剧电影《何文秀》的人物设置和故事线索完全按越剧编排。不过,从动作性和画面感出发,影片强调了何府"满门抄斩"的血腥、主角死里逃生的惊险;从控制长度和强化节奏感出发,影片对越剧的8场戏做了精简,以蒙太奇的内在逻辑来加速画面切换、减少对白交代。上述改动均出于电影的创作思维,虽然手法有时用力稍猛，但并未损伤越剧的核心内容，尤其是重点唱做，使观众在"看戏曲"与"看电影"间自由切换和自行判断。

在电影创作上，全部实景和大量生活化动作与舞台虚景和歌舞程式化身段的矛盾，是《何文秀》在审美上面对的主要问题。简言之，即电影的写实性与戏曲的虚拟性的矛盾。为调和这个矛盾，主创采取了差异化的策略——在交代故事情节和人物命运时主要用"生活古装戏"的拍法，削减身段做工，以生活化动作为主；在表现内心独白和抒情唱段时主要用"戏曲纪录片"的拍法，加强整体实录，以程式化身段为主。这是几十年来戏曲电影的主流拍法，既能保证客观叙事顺风顺水，又可保证主体唱做原汁原味。《何文秀》在许多细节上精心做了调和，如更注重情景的交融，将人物扮相之美、自然景观之美、戏剧情境之美结合起来，以期在展示越剧唯美特质的同时，拉近虚实间的审美距离；又用多种镜头语言和剪辑手段表现演员的重点唱做，希望既保留戏曲舞台的场面感，又显示电影技艺的表现力……意在尽量实现戏曲与电影的"共赢"。效果如何，见仁见智，最重要的，是对这个戏曲电影无法回避的问题，在美学上进行更深入的分析，以求更清晰的认知。

众所周知，戏曲是以表现为主的艺术，电影是以再现为主的艺术。问题来了——戏曲电影是以表现还是再现为主的艺术？笔者认为，当电影再现的不仅是戏曲故事、戏曲舞台和戏曲表演，而是整个戏曲美学时，那么它的第一要务便是为戏曲的表现而服务。同时应该看到，表现、再现都不是纯粹的、排他的，而是合于一体、内有主次的，即"表现之中有再现，再现之中有表现"，两者"是可能在艺术的共通性上合二为一的"（李晓《戏曲电视剧艺术的美学问题》）。戏曲和电影既有互相抵触的质地，也有互为增饰的潜力——电影因戏曲而提升了表现的责任、环境和能力，戏曲因电影而凸显了再现的要求、氛围和潜力。这便回答了如何处理实景镜头的问题，即起码以不过分削弱虚拟设定环境、不影响程式连续表演为前提。

面对高峰，或正向登攀或侧面迂回

何文秀的故事流行于苏浙一带，越剧曾在20世纪40年代将之改编上演。上海芳华越剧团于1953年将其再度改编，由尹派创始人尹桂芳主演。对何文秀这一角色，尹桂芳付出了大量心血，在扮相、表情、眼神、唱腔、身段上都做出了创造性和定局性的贡献，再经二代传人尹小芳的传承和完善，使之成为尹派的代表人物形象和保留剧目之一。此次的越剧电影《何文秀》由尹派第三代弟子周丽萍主演。

鲁迅曾对《红楼梦》之前的中国小说人物做了总体性评价："好人完全是好，坏人完全是坏。"此话也可拿来评价五四新文化运动之前的戏曲人物。不过再加分析，不难发现戏曲对"好人"之好的用心与着力程度，是大大超过了对"坏人"之坏的。以何文秀为例，尹派弟子需要演出其作为一个"好人"的"发展着的丰富性"，这便是超越全剧其他角色的难度所在。

在戏里，何文秀先后遭受了两次杀身之祸，经历了三年妻离子散，幸得贵人相助逃出生天，最终为己复仇、为民除害。在这一波三折的故事中，何文秀之"好"是随命运变化、剧情发展而接连不断地显现的——从出场时的儒雅、多情、温和，经蒙冤时的惊诧、惶恐、愤懑，到复仇时的智慧、隐忍、果毅，犹如一颗不停翻滚的钻石，让人不停地看到人性中不同的闪光面，且每一面都不遮蔽其他任何一面，从而完成对人性整体美的展示。有人认为传统戏曲缺乏对人性善恶的辩证剖析，故而缺乏文学性；笔者认为撇开教化因素不谈，对人性之善的多重挖掘、丰富展示也在文学性的范畴内，这是包括中华民族在内的众多东方民族的审美方式、观念尤其是审美偏好、理想所致。

在戏曲骨子老戏中，何文秀这一类人物绝非个例。实有其人的如关羽、包拯、伍子胥，纯属虚构的如张珙、白娘子、七仙女。这种人设与西方戏剧截然不同，后者着力于人性的善恶并存与斗争，尤其注重"坏人"的"发展着的丰富性"。当然万事不可绝对，西方也有冉·阿让，中国也有侯方域，然而比较而言为数都不多。而在《何文秀》中，尹派弟子把握了何文秀的精髓，便等于把握了尹派艺术的精髓，因为尹派艺术能通过眼神的变化、唱腔的刚柔、形体幅度的调整等，将"发展着的丰富性"有变化、有层次地表现出来。至于技艺高还是水平低,取决于演员的天赋和努力;偏继承还是偏创新,则取决于演员的选择和决定——面对高峰,或正向登攀或侧面迂回,都是对的。

人物的设定正是戏剧文艺的灵魂

毋庸置疑,何文秀是众多体现中华美学精神的传统戏曲人物之一。

中国人经过几千年的文化实践,逐渐形成了特有的审美方式、审美观念、审美偏好、审美理想,一起凝结为中华美学精神(李修建《中华美学精神的内涵与当代传承》),并在千余年来的戏曲中鲜明地体现出来——从人物、故事到表演。中华美学精神植根于儒佛道三位一体的哲学观念,涵盖了对人与自然、人与人、人与社会的看法。笔者认为最根本的,还是对自身、对内心也即对人性的看法。这在传统戏曲人物身上被充分地体现了出来,而人物的设定正是戏剧文艺的灵魂。

在"性善论"的支撑下,传统戏曲人物实行"好坏分明"的类型化原则,如关羽与曹操、窦娥与张驴儿、朱买臣与崔氏、敫桂英与王魁等;在"性善论"的导引下,传统戏曲故事遵循"善有善报,恶有恶报",任凭剧情曲折复杂,总是通往"大团圆"的结局——无论人物在世还是离世、场景在阳间还是阴间。

> 现实的戏局不分昼夜

类型化的人物形象和理想化的故事情节，必然弃生活化表演、写实性再现而取程式化表演、写意性表现，在产生诗化美的同时，与现实生活拉开了距离。尽管百多年来饱受诟病，但这种美学精神、这条文艺脉络仍在不知不觉中传承至今。

确实，百多年来情况出现了很大的变化。西风东渐，西方戏剧理念及手法的进入和盛行，使戏曲的人物塑造、故事走向都出现了很大的变化。如前所述，西方戏剧在"性恶论"的主导下，往往偏向于个体的人性善恶的纠结和变化，典型化的人物形象和现实性的故事情节，则对应了生活化表演和写实性再现。受此影响，现当代戏曲创演的最大变化便是突破"好坏分明"的壁垒，在保证"好人"与"坏人"的外部冲突的同时，加强对个体人性善恶的内部冲突的表现。具体表现有二：在改编老戏时，多以"先锋""实验"的名义对传统戏曲人物实施"翻案"，如一些作品中的潘金莲、穆桂英、田氏、崔氏等；在新编剧目时，多以"人性""现代"的目标塑造新的形象，如京剧《曹操与杨修》、淮剧《金龙与蜉蝣》以及越剧《秋色渐浓》中的吴仕达、淮剧《小镇》中的朱文轩等。其共同处，都是着力于人性因环境、命运所致的善恶冲突、正邪变化，以悲剧为多见——这也是对"大团圆"结局的一种逆反或抵抗。与此同时，由于创演理念的由虚渐实，写实性场景、生活化表演逐渐成为戏曲舞台上的常态，与传统剧目相比，违和感大大降低，也为这些剧目更顺利地改编成为电影埋下了伏笔、奠定了基础。

应该看到，在现当代的优秀戏曲剧目中，人物塑造理念的变化并不是颠覆性的，而是建设性的；写实性场景和生活化表演同样如此，基本达到了"中西交融"的境界。这便是"新曹操""新白娘子"们以及一干新人物得到认可和欢迎的原因。须知时代在变，接受审美与创造审美正进行着同向和同步的发展。

不仅主要人物，次要人物的变化也不应忽略。比如京剧《廉吏于成龙》中偏执、阴狠的官员勒春，他不信"猫儿不吃腥"，一心要揭于成龙似廉实贪的"真面目"。在这个"坏人"的层层猜忌和步步逼迫下，全剧从容地展示了于成龙作为"好人"的"发展着的丰富性"；而在尾声，勒春在真相大白后幡然悔悟，在于成龙人格魅力的感召下，归入"好人"之列。无独有偶，京剧《贞观盛事》中"坏人"李世民与"好人"魏徵的人设关系、故事结局也是貌合神似。虽然如此，主次还是严格有别——与于成龙、魏徵"发展着的丰富性"相比，勒春、李世民的善恶纠结与转变仍居次要地位，并不做深刻剖析和充分展开。由此可见，两剧并没有颠覆传统戏曲人物形象所蕴含的美学偏好、美学理想，而是继承中的创新、保持里的增益，可视作当代戏曲对传统中华美学精神的转型和转化。两剧先后于2009年、2018年拍摄成京剧电影，虽出于不同的导演之手，在写意、写实和表现、再现上各有侧重，但都有上佳的艺术质量和良好的观赏体验，可见当代戏曲原创剧目要比传统剧目更适合以电影的方式呈现。最重要的是，两部戏曲电影在人性的阐述也即文学性上完全尊重了原剧，可视作戏曲电影对当代原创戏曲中华美学精神的再一次转型和转化。

戏曲与电影深藏的关联性

1905年，由谭鑫培主演的京剧《定军山》被搬上银幕，成为中国的第一部国产电影。百多年过去了，戏曲电影早已超越了工具或技术的领域，与纪录片的概念及作品完全区别开来；也已脱出了题材和体裁的框范，与悬疑片、伦理片、科幻片等不处于同一考量层面。尤其是21世纪以来，一大批戏曲电影新作宣示了建设独立、特殊、系统的中国电影品类的共识和理想。毫无疑问，这是基于中华美学精神的传承发展、转型转化的高度之上的。

众所周知，戏曲是写意和表现的舞台艺术，是东方农耕文明的产物；电影是写实和再现的屏幕艺术，是西方工业文化的品种，两者的创作理念及美学精神差异很大。但也须看到，即使势同水火，亦在五行之中。戏曲和电影均以戏剧文学为根本，以叙事抒情为主干，以综合艺术为呈现手段。既然在"源"上具有同质性，那么在"流"上必有关联性，关键在于如何衔接、如何调和。

早期的戏曲电影对此探索甚少，多为忠实地记录舞台表演，实质是将戏曲的唱念做舞作为电影的内容，将电影的镜头胶片作为戏曲的载体，归入戏曲纪录片的范畴。随着时代社会发展、观众需求变化，将写实与写意、再现与表现结合起来成为戏曲电影创作的主流，而电影科技的进步又促进了作品个性、风格的多样化。从本质看，它们无不在探索写意与写实的和解、表现与再现的和谐，无不在追寻戏曲与电影在同质性下深藏着的关联性。原创戏曲剧目自不待言，即便对骨子老戏的处理也日益丰富多彩——有的偏传统，保持质朴风格如《霸王别姬》；有的重创新，彰显审美时尚如《白蛇传·情》。笔者认为这些都是出于不同创作理念、根据不同剧目内容、适应不同客观条件所致，只要创作态度严谨、艺术争鸣充分、取舍慎重有理，无论成败，对戏曲电影的繁荣和发展都是有益的。笔者理想中的戏曲电影，应是既最大限度地保存"非遗"的内容和形态，又最大限度地体现电影的属性和特长，衔接之、调和之，使左右逢源，使美美与共，为戏曲艺术的传承与普及、戏曲电影的探索与创造做出双重的贡献。

在越剧电影《何文秀》之前，沪剧电影《挑山女人》、粤剧电影《白蛇传·情》、越剧电影《玉卿嫂》已陆续上映，京剧电影《捉放曹》也将登场。近年来戏曲电影的摄制数量上升、规模扩大，有的剧种还将摄制影片作为系统性的文化工程。的确，戏曲电影接通古今、连接中西，是中国传统文化实现继承创新，中华美学精神完成转型转化的最佳载体之一，具有思想、艺术、市场的挑战性与可能性，得到文化部门、戏曲电影创作者、社会公众的重视、投入和参与，是顺理成章的。从对"非遗"剧目、原创剧目的二度创作，再到将来可能的直接一度创作，戏曲电影都应该且能够自觉地把握中华美学精神，将其从传统封闭到开放包容，从衔接调和到转型转化的过程展现出来，犹如展现一颗不停翻滚的钻石，让人不停地看到美学不同的闪光面，且每一面都不遮蔽其他任何一面，从而纳入对文艺整体美的展示。

昆剧表演艺术的不变之变

罗怀臻

一

今年热播的电视剧《觉醒年代》，我已完整看了两遍，这几天又断断续续地在追，追着追着竟不经意间将其与昆剧传习所产生了联想。100年前，国家积贫积弱，中华民族的仁人志士纷纷寻求救亡图存之道。南陈北李相约建党，正是想要改变这样的现实。意在唤醒民众的新文化运动，对传统文化采取的是一种决绝的姿态。大概记得《觉醒年代》中陈独秀对他两个儿子这样说：将来后人会误解我，以为我陈独秀不尊重传统文化；其实不是，我只是对传统文化这个庞大体系中的孔学，孔学中的一部分，甚至是一小部分的"三纲五常"表示不认同，尤其在今天，我觉得它影响了中国人意识的觉醒；如果到了晚年，我倒希望整天泡在传统文化的故纸堆里。

我在想，为什么100年前的进步青年，他们在寻求救国救民真理的同时，竟不约而同地反对旧文化？睁开眼睛面对新世纪，展开双臂迎接新时代，那是一个时代的潮流，一个时代的大趋势。就在这样的时代背景之下，在古城苏州幽静的桃花坞，一群人却默默祭起传统文化的大旗，成立了昆剧传习所，誓言赓续传统。两相对比，反差何其之大！今日深长思之，真乃意味无穷。因此，当我面对上海大世界"昆剧传字辈百年纪念展"上那象征44位"传"字辈老艺人的44把空椅子时，心里既感动和崇敬，又悲怆与伤感，不知不觉眼泪就涌了出来。我想，当年那几位尊崇传统文化的文人名流、商人富贾，实际上是把那44位学昆剧谋生的年轻人送上了一条人生与艺术的"不归路"。遥想当年，社会转型，文化转型，戏剧也随之转型，花部强势崛起，京剧不可一世，各种地方戏曲勃发生机，传统昆剧所依存的文化土壤和演艺环境已荡然无存。找来那么一群稚气的孩子，教授他们演唱昆剧，从办学之初就已注定了他们的寂寞人生。

我还想到我的剧作家朋友孟冰创作的话剧《伏生》。秦朝焚书，伏生想把《尚书》保存下来，可是藏在哪里都不安全，索性把《尚书》默记在心。藏书于腹，只要人活着，《尚书》就不会失传。伏生藏书于腹，传习所传艺于人，都是一种无法与时代对抗却又放不下责任的伟大操行。这么转念一想，又不禁对当年传习所的创办者们肃然起敬。

是啊，你藏书于腹，我传艺于人。只要这44位艺人活着，昆剧的薪火就不会熄灭。假如当年传习所的创办者们不是选择传艺于人，而是举办一个主题活动、组织一场盛大演出，或者出版一两部著述，大概都不能与"传艺于人"的价值同日而语。

二

从某种意义上说，昆剧"传"字辈艺人的表演生涯，自100年前从艺之日起，就踏上了一条"只能朝前走，不能再回头"的不归路。

"只能朝前走"，是指20世纪初随着中国尤其是江南地区城市化建设的进程，戏曲表演纷纷走进城市，走进剧场，走上镜框式舞台。"不能再回头"，是指300多年来昆剧擅长的表演场所，如厅堂、庭院、戏楼、庙台等私密而小型的表演空间，迅速被新式的镜框式舞台所替代，昆剧"传"字辈的表演也不能不适应已经变化了的戏曲演艺环境。

演艺环境的改变推动了昆剧表演的转型，这转型包括三个方面：一是从熟人雅会品评玩赏的私人厅堂向自由开放的公众剧场转化；二是从手工作坊的度身定制向工业化戏剧工场批量化生产转化；三是从师徒制、科班制、学馆制的言传身教向开放教学的现代教育大班制转化。

三个转型形成对昆剧表演艺术的影响，昆剧表演艺术在适应新式演艺环境和教学形制的过程中，发生了变异或曰发展。

昆剧表演艺术的变异也表现在三个方面：一是吸收了以话剧、电影为载体的写实表演的方法和舞蹈的夸张性表演，开始强调表演艺术的真实性体验和炫技式的技巧、技能；二是为了适应镜框式舞台综合艺术表演的需要，开始运用布景、灯光及乐队营造环境，烘托气氛，以期提高戏剧演出的整体感染力；三是开始使用扩音设备和电声话筒，甚至借鉴歌剧美声发声方法。

昆剧"传"字辈表演艺术传承接续的100年，也是从传统表演空间向自西方引进的镜框式戏剧舞台过渡的100年。浙江昆剧团创作演出的昆剧《十五贯》，标志着传统昆剧表演向现代剧场艺术过渡的阶段性成果。说《十五贯》"救活了一个剧种"，这个"活"，是"活转过来"的"活"，而不是"活跃起来"的"活"。《十五贯》不是传统昆剧复苏的标志，而是传统昆剧向现代剧场的过渡或转型。就剧种的演剧特点而言，昆剧《十五贯》与在镜框式舞台上演出的京剧以及其他地方戏曲的表演形态也并无二致。自《十五贯》始，镜框式舞台剧场艺术的综合性表演逐渐成为昆剧演出的标准化范式，即便演出《牡丹亭》《长生殿》《桃花扇》等经典古本也是如此。一律地配置灯光布景乐队，一律地配备电声扩音话筒，一律地把演出时长压缩在三小时以内。此外，编导演、音美灯、服化道也一律地采用与京剧、地方戏乃至与话剧、歌剧等相同或相似的创作与演出标准形制。这是贯穿于整个20世纪的昆剧也是戏曲表演艺术的基本特征。

直至进入21世纪的20年，也是昆剧"申遗"成功后的20年，尤其是最近几年间，昆剧又从走进标准化的现代剧场和走上模式化的镜框式戏剧舞台，开始了向100年前表演艺术传统的积极回归。

"向传统回归"，绝非简单意义上的向过去倒退，而是吸收了20世纪剧场艺术的经验，总结了自身表演艺术的变化与发展之后，向着昆剧表演艺术传统和昆剧剧种个性的自觉回望与溯源，我权且将之称为21世纪中国昆剧艺术的"现代回归"。

三

21世纪中国昆剧艺术的"现代回归"也表现为三个特征：一是向以雅玩品赏为趣味的传统小众空间的回归——如各种"厅堂版""园林版""会所版""校园版"以及"皇家粮仓"的精致化、精品化演出，强调古本、古韵、古曲的古典意味，强调昆剧表演艺术的原汁原味。二是向以大剧院为标志的现代演艺空间的拓展——如江苏省昆剧院的《1699·桃花扇》、北方昆曲剧院的《红楼梦》、苏州昆剧院的青春版《牡丹亭》、上海昆剧团的全本《牡丹亭》，也包括昆剧表演艺术家张军的上海大剧院版《春江花月夜》、"新昆曲万人演唱会"等，这些明显带有演艺特点的昆剧演出，却往往在演员的表演上格外强调对古典韵味和传统技艺的放大表现，借用综合艺术和技术手段突出昆剧演唱，凸显技艺、技巧，而不是用声效光影遮盖表演。三是向以轻捷灵便的小剧场为标志的多样态表演空间渗透——如从上海昆剧团的小剧场实验昆剧《伤逝》发轫，逐渐演变为由上海昆剧团主导、中国剧协参与主办的中国上海小剧场戏曲节，还有昆剧演员雅集分享的零散小众环境里的演讲性展示演出，强调身体表演的近距离和声音演唱的"不插电"。凡此种种，都在有意无意地推动当代昆剧表演艺术向自身传统的积极回归，令昆剧在当代的表演"更昆剧""更传统""更古典"。而昆剧表演艺术这100年间的传承和发展、守正与创新，正是在变与不变的循环往复中一路前行、与时俱进的。

作为当代戏曲作家，我是进入21世纪后开始与上海昆剧团合作的，2001年合作了《班昭》，2006年合作了《一片桃花红》，最近又为上海昆剧团改编创作了《汉宫秋》剧本。以我为上海昆剧团创作的这三部剧作为例，某种程度上它们也折射出昆剧表演艺术时代审美的变迁。《班昭》的创作强调了融进现代都市剧场艺术，试图将传统文人士大夫的个人趣味延伸为当代人文知识分子的集体责任；《一片桃花红》的创作致力于向现代演艺空间的拓展，通过传统艺术的现代化审美和昆剧演员自身青春化的生命体验，激起当代观众尤其是青年观众的感情共鸣；《汉宫秋》则有意保留了元杂剧四折一楔子的剧作结构和套曲体例，回归北曲曲牌，再现古典文本的古朴意蕴。此外，2014年与北方昆曲剧院合作的《影梅庵忆语》和新近为北昆创作的

《国风》,前者与上昆的《一片桃花红》、后者与上昆的《汉宫秋》,都在表演艺术的时代追求上形成了南北呼应。总之,这些看上去都是个人化的偶然性创作探求,客观上却又何尝不是时代的选择和推动。

从厅堂到剧场,再从剧场到厅堂,正应验了李渔先生所言的"时势迁移""人心非旧",正是"一代有一代之传奇"。

新时代诗歌有亮点，也有口水化痼疾

张德明

诗学界所热议的"新时代诗歌"，是指近十年来发生了飞速发展与巨大变化的当代诗歌。在我看来，新时代诗歌尽管历时并不算长，但已然出现了很多热点与亮点，有不少地方都值得我们肯定和总结，同时也面临着一些难以避免的问题，理当引起我们的高度重视和及时反思。

一

新工业诗歌的迅猛崛起，是新时代诗歌值得关注的突出美学现象。《诗刊》2019年第7期，以较大篇幅推出了诗人龙小龙的组诗《新工业叙事》，这可以视为新工业诗歌在当代诗坛显山露水的一个历史性端点。与此同时，马飚、彭志强、王二冬等诗人都以他们各自熟悉的工业领域为题材，不约而同地展开了别开生面的"新工业叙事"，新工业诗歌在很短时间内就在当代诗歌界产生了较大反响，引起了诗人和评论家的普遍关注。

新时代的新工业诗究竟"新"在哪？它同西方的工业诗和我们20世纪90年代的打工诗歌有何不同？我们知道，工业诗歌的出现早有时日，它是与工业革命一同发生和成长起来的。西方早期的工业诗人如雪莱、弗罗斯特等，他们的工业诗歌主要是对工业文明世界中的乡村世界加以重审和反思，表现了对机械化大生产的批判和对乡村生活的留恋。到20世纪初期，美国工业诗人卡尔·桑德堡着力展示了工业文明的两面性，即大工业时代的城市既有混杂、粗俗、残酷、倾轧和肮脏，也充满了创造、建设、喧嚣、活力与希望。中国诗人郑小琼在20世纪90年代末和21世纪初创作的大量打工诗歌中，也频频写到了工业，不过她是从"农民工"视角审视工厂和车间，她的打工诗歌写出的更多是工业时代的乡愁。

新时代引人注目的新工业诗歌，则是诗人置身于异常鲜明的工业化历史语境下，对人们独特的生活方式与生命体验的精彩记录与叙说，诗人们将工业视为现实生活的有机构成部分，工业与个体的生存处境和经验构造之间，形成了某种水乳交融的关系。他们是工业流水线上的正式一员，每天都跟现代工业贴身拥抱在一起，因此，当他们进行新工业叙事时，便不再像以往的诗人那样站在工业之外来看待工业，而是站在内部零距离地触摸工业、审视工业，进而从内视角的层面发出对现代工业的生动而真实的经验告白和情感抒发。当龙小龙写下"我们可以不懂它们的运行法则/但可以清晰地感受到/一座钢铁水泥铸造的庞然大物是如此的可爱/均匀的呼吸,有节律的心跳"(《主控楼》),当马飚写下"经由一片铁水,为一万人写同一首诗/丰盈有着无边骨气,谁的脸红润是今天的王"(《今日有三颗泪,高炉滚烫》),当彭志强写出"必须抢修线路,换掉烧坏的电线/疏通堵在10千伏变压器心脏的心病/电线、电笔、电工刀、电动夹钳/开始了埋头苦干"(《跳闸》),新时代诗歌中焕然一新的工业化场景便在我们眼前一一呈现,新时代诗歌的工业叙事就此迈入新的境界。我们一方面为新时代诗歌中新颖的美学胜景欣喜不已,另一方面也为新时代中国如火如荼的工业发展而啧啧称叹。

二

扶贫诗歌的涌现,构成了新时代诗歌宣传正能量、弘扬主旋律的一大亮点。在脱贫攻坚的历史过程中,不少诗人投入工作第一线,用自己的实际行动来积极响应党和国家号召,并拿起手中的笔用诗歌来记录脱贫攻坚的伟大事业。

福建诗人谢宜兴长期在宁德参加扶贫工作,他以此为题材,写下了扶贫诗歌的代表性著作《宁德诗篇》。在云南花鹿坪参与扶贫工作的青年诗人王单单,他的新诗集《花鹿坪手记》就是以扶贫地命名的。谈到扶贫工作与诗歌创作的关系,王单单深有感触地说:"诗人参与扶贫,就是回到生活现场,直接从一手素材中过滤诗歌的养分,乡村或者底层保存着一种尚未被抛光的生活,其表面原生的粗糙在与现实之间发生摩擦时,更能产生撞击心灵的力量。"2020年,脱贫攻坚收官之年,中国作协、《诗刊》社推出"诗人驻村"计划,邀请几十位一线诗人住进农村,深入生活。作为"诗人驻村"计划的参与者之一,诗人芦苇岸这样说道:"诗人驻村,不是隐逸,而是下沉现实前沿,通过深度接触重新唤醒自我,在驻村的过程中具体积累家国情怀的诗意感知。"他们以历史亲历者的身份写下的情真意浓的扶贫诗,也将同当代中国脱贫攻坚的伟大事业一起,载入文学的册页之中。在大量的扶贫诗作之中,北乔的《入村记》、田君的《驻村诗札》、远村的《扶贫组诗》、季风的《扶贫心》等,都是很有分量的作品。

三

中华诗词的复兴与不断繁盛,成为新时代诗歌令人欣喜的一道艺术景观。

在中华文化复兴与发展的进程中,"旧体诗词"在新时代成为"中华诗词",焕发出新的光彩。诚如中华诗词学会会长周文彰指出的:"中华诗词是中华民族的伟大创造,是中华民族的精神标识之一。"

为此,近些年来人们也从诸多方面加以努力,包括举办形式多样的古典诗词诵读、举办各级各类古体诗词大赛等活动,以及将国家级文艺奖颁发给从事中华诗词创作的诗人等。这些方面的努力取得了显著成效，中华诗词的繁荣和发展已经成为新时代诗歌发展的一个重要层面。

今天，在当代诗人中，从事中华诗词创作的人数日益增多。从事中华诗词创作的诗人，既有效继承了古典诗歌的优秀传统，又能将现代社会情境和现代生命经验纳入他们的诗性言说之中，从而使中华诗词显现出不俗的当代性来。具体来说，与以往的旧体诗词相比，新时代的中华诗词能及时地表现新的主题和题材（如抗疫、扶贫、生态等题材与主题），能创作富有现代感的审美意象（这些意象往往能承载现代人的生活遭遇、生命经验与思想情感），能生动描写新的社会生活场景，也能将现代语言较好地吸纳到诗歌言说之中。《诗刊》主编李少君甚至认为："新时代的众多伟大实践和巨大变迁，比如高速高铁、快递外卖、共享经济、智能机器、航天航空、深海作业等，都得到了中华诗词的很好表现，是中华诗词当代性的具体体现。"（李少君《中华诗词的当代性》）在新时代，既拥有深厚文化传统又能与当代社会相接轨的中华诗词，必将大有作为。

四

口语写作的美学痼疾并未完全消除，这对新时代诗歌的发展来说造成了困扰。

新时代诗歌有亮点，也有口水化痼疾

一段时间以来，口语写作给当代诗歌发展带来了不少生机，但其过于看重现场呈现、不太重视修辞策略的艺术观念，导致了不少诗歌出现直白化、浅俗化的问题，这些诗歌只能算得上"口水诗"，而并不具备很高的艺术品质。可以说，口语写作的直白化、浅俗化的美学痼疾至今仍未消除，这给新时代诗歌发展造成了某些困扰。近来人们热议的"贾浅浅诗歌现象"，其实正是口语写作美学痼疾的一种突出体现。批评贾浅浅的评论家和读者把矛头对准的正是那些直白、低俗的口水化诗歌，如《朗朗》《我的娘》等，也就是说，他们表面看来是在批评贾浅浅，其实质是对当代诗歌存在的口水化写作现象表达强烈的不满。

有批评者明确地将"浅浅体"同以往出现的"梨花体""羊羔体""乌青体"等相提并论，其意图很明显，旨在说明这些诗歌都是典型的口水化诗歌。在我看来，要想确保新时代诗歌体现出较高的艺术品位和审美质量，倡导诗歌表达对艺术修辞的有效使用，强化新诗创作的难度意识，警惕口语化写作的负面性等，理应成为当代诗人进行诗歌创作时的某种共识，并在具体的创作实践中得到落实与强化。唯其如此，新时代诗歌才能彻底走出口水化表达的误区，为读者提供更有艺术价值、更具美学特色的精神食粮。

解析文化遗产保护的"泉州样本"

从 易

不久前,在第44届世界遗产大会上,"泉州:宋元中国的世界海洋商贸中心"成功列入《世界遗产名录》,成为中国第56项世界遗产。"泉州:宋元中国的世界海洋商贸中心"系列遗产由22处代表性古迹遗址及其关联环境和空间构成,系统地涵盖了宋元泉州海外贸易经济体系中的生产、运输、交易、消费、服务、管理等核心环节,覆盖了从港口经城市到腹地的地理和经济区域空间,共同促成了泉州在公元10世纪至14世纪逐渐崛起并蓬勃发展,成为东亚和东南亚贸易网络的海上枢纽,对东亚和东南亚经济文化发展做出了巨大贡献。

在中国56项世界遗产之中,宋元泉州别具意义。这里是古代海上丝绸之路的起点,是可与埃及亚历山大港媲美的"东方第一大港",也是马可·波罗笔下的"光明之城"。正如评论所说:"光明之城"的文化遗产不仅让尘封的历史"活"起来,也在传递一座城市、一个国家的精神气质。古代中国以先进的农耕农业文明为人所熟知，宋元泉州所附载的历史文化记录了中华农业文明与世界海洋商业文明间的互动，这为世人了解古代中国如何"面向海洋"及"海上世界"如何汇入中国增添了新视角。

而在过往的岁月里，泉州的文化遗产保护与传承书写出属于自己的"泉州样本"，提供了一种经验与启思。

遗产的价值阐释发生变化

10至14世纪，历史悠久的世界海洋贸易又一次迎来繁荣期。活跃于海洋上的商人和使者们，为各地的物资、产品、财富、技术与文化的广泛交流，构建起了世界性网络。在这一世界体系里，坐落于中国东南沿海的泉州举足轻重。因宋元时期中央政权在此地设立市舶司，泉州成为国家级对外经济与文化交流的窗口，是亚洲海洋东端最为重要的中心港口之一。在当时，它被誉为东方第一大港，并以Zayton（刺桐）之名流传于世。

中国的泉州，也是世界的泉州。宋元泉州以开放包容的博大胸襟，接纳多元文化在泉州和谐共存，出现了"市井十洲人""缠头赤足半蕃商"的盛况；同时，泉州以平等互信、对话交流的姿态，推动我国古代先进的农业技术、文学典籍和哲学思想等传播到海外，为推动文明交流互鉴、促进各国共同发展发挥了重要作用。

泉州是从中华古老的农业文明土壤中盛开出的一朵海洋文

明奇葩，自然，这里也是历史文化遗产的"富矿"。对当代人来说，如何讲好文化遗产的故事，该从什么角度将文化遗产串联起来，形成一个具备国际高度、国际视野、国际特色的主题，让世人更好地理解泉州、感受泉州，就显得至关重要了。

泉州的申遗之路并非一帆风顺。2018年，泉州曾以"古泉州（刺桐）史迹"项目参加第42届世界遗产大会的审议，未获成功，审议结果为"发还待议"，成为多年来国内唯一未能一次性成功申遗的项目。这多少有些出人意料。从上次"发还待议"到此次短短6分钟时间便获一致通过，区别在于遗产的价值阐释发生了变化。

2018年申遗时，泉州以"古泉州（刺桐）史迹"作为申遗主题，略显空与大。当时所选的16处遗产点与海上贸易线路的联系不强，没有展现不同文化融合的足够证据，几乎没有展现泉州城市肌理和港口遗存的提名地。2020年，主题改为"泉州：宋元中国的世界海洋商贸中心"重新申遗，并新增安平桥、顺济桥、市舶司遗址、南外宗正司遗址、青阳下草埔遗址、德化窑遗址6个遗产点等内容。主题突出了泉州作为"宋元时期世界贸易的一个中心"的世界性意义；新增的考古遗迹、遗址，更多维度地支撑泉州作为宋元时期国际贸易中心的价值，让其普遍价值更加丰富和完善。

泉州经历的申遗波折充分说明了：有文化遗产的富矿很重要，但讲述文化遗产的故事同样重要。

另一种文化遗产保护的样本

如何处理好城市更新与文化遗产保护之间的关系，一直是个难题。

随着城市化进程的不断推进，城市需要更新与发展，这会带来城市开发渐趋饱和、土地资源日益紧缺的状况。在追求经济利益的冲动下，不少城市大拆大建，大量历史建筑被破坏拆除，一片片积淀丰富人文信息的历史街区、文物保护单位或传统民居被破坏，导致城市文化脉络被粗暴地割裂，让城市失去灵魂。

泉州提供了另一种文化遗产保护的样本。作为首批国家历史文化名城，泉州对历史文化遗产的保护十分重视。早在1983年，泉州就编制了《泉州城市特色的保护和创造——历史文化名城保护规划》，提出古城结构特色的保护，划定核心保护区域。1993年编制的《泉州市古城控制性详细规划》，首次划定古城区范围，并纳入1995年《泉州市城市总体规划》。1999年编制的《泉州市古城保护整治规划》，将古城分为核心保护区、风貌保护地段和风貌重点整治区三个层次进行分区保护……泉州早早地从城市规划的高度明确了对古城的保护，古城内的新建、扩建、改建项目都需要遵从相关规定，让古城的保护与发展都纳入"有序"之中。

当然，对城市文化遗存的保护，不仅需要规划来护航，更需要管理来落实。毋庸讳言，规划与管理不断摇摆，缺乏科学性、连续性和严肃性，导致城市格局频繁变动，对城市文化遗存的保护十分不利。好在，"规划改样"的乱象，没有在泉州出现。尤其是2015年获得地方立法权以来，泉州始终将历史文化保护立法放在重要位置，开启历史文化遗产保护法治化、规范化的全新篇章，以法治力量守护城市的"根"与"魂"。形成维护规划稳定性的长效机制，是文化遗产保护坚强的后盾。

如何更好地"活起来"

"保下来"的文化遗产，如何更好地"活起来"？这是另一个重要课题。当前不少城市对文化遗产的保护，进入了两种误区。第一种误区是在发展的名义下，破坏文化遗产，在此基础上建造了大量仿古建筑。但它们空有古街区、古建筑的壳，缺乏真正的文脉，后人无法从中了解城市历史发展的历程。第二种误区是旅游驱动，过度地商业化，将原始居民全部迁出，充满活力的生产、生活场景消失殆尽，文化遗产成为静态的遗址，失去鲜活的魅力。

对文化遗产的保护，不仅仅要着眼于它们的物质层面，也要着眼于它们身上的"活态"价值。泉州着力于将古城6.41平方公里打造成"活态博物馆"，把众多古迹风貌建筑，作为构建博物馆的物质展品；把居民的日常生活、习俗活动，作为这座博物馆的活态展品；让街巷既是古城的肌理脉络，也是游览线路，更是展览载体……最终实现"见人见物见生活，留形留人留乡愁"。

"活态传承"不能为了保护而保护，保护和发展应该是并存的：既要保持文化遗产的活态魅力，也需要充分满足民众对更好生活的期待。不少历史文化街区居住环境不容乐观，一些古民居、古大厝、历史名人故居因年久失修、疏于管理、超负荷使用等原因，已经面目全非。对此，泉州不采取大拆大建或盆景式开发，在不改变街区传统网格和建筑肌理的前提下改善居民生活环境，大力推行"微改造"，实施遗产周边环境整治和居住环境提升等举措，改善古城的排水排污、电力电线、立面改造等基础设施，让古城更宜居，满足居民能够在街区内继承、延续他们的传统生活方式，让古城"见人、见物、见生活"。

"活态传承"是未来文化遗址保护的趋势。文化遗产的保护传承，要顺应人民群众对美好生活的向往，要在群众中、在生活里将文化遗产的魅力与价值充分延展开来。生活有多广阔，文化遗产的生命力就有多悠长。

戏曲传承中的伪命题与真学问

单跃进

之前,友人传我一网文《京剧是怎样被弄死的!》。标题之劲爆,勾人想象,谁对京剧下了黑手?细读方知,作者对时下一些京剧新戏的唱腔横竖不满,于是信誓旦旦认定"京剧的本质是卖唱",甚至是"剧本,一剧之本"耽误了京剧的"卖唱"。文中对有些个案的分析倒是犀利,也在行。只是"京剧的本质是卖唱"说法,实在经不起推敲。

读此文,不由联想前些年那场"京剧要不要刻画人物"的争论。争论的源起,是一位颇为资深的京剧演员,疾呼"刻画人物论是传承与发扬京剧艺术的绊脚石,再刻画人物京剧就没了"。此话激起千层浪,引来众议。时有刊物约我讨论,我回复"此乃伪命题,不议为好"。而今"卖唱论"热传,不胫而走。不禁思忖,如此伪命题倘若成了真学问,岂不滑稽天下。

何谓伪命题?我以为就是虚妄之议,一不合实情,二违背事理。此类虚妄议题,在京剧乃至戏曲圈里司空见惯,大凡是出于对戏曲的热爱，也基于对戏曲的熟稔，甚至对一些戏曲现象的焦虑。但其往往是囿于一隅、执于一端，对复杂事物的轻率言说，颇似盲人摸象。

将"刻画人物"视为"传承京剧之绊脚石"之论，究其本意，似乎是强调京剧表演技艺的独立欣赏性。按行话说，要有玩意儿。让观众看到我那不凡"玩意儿"，这番用心，本是无妨。况且，其中还蕴含着对如今京剧舞台上"玩意儿"退化的深切忧虑。是的，京剧表演确实是以程式技巧为表演语汇的，没"玩意儿"的表演必然寡淡。问题在于，将强调舞台表演的"玩意儿"与"刻画人物"对立起来，在根本上就有悖于京剧表演以塑造艺术形象为根本的常识。事实是，真正的京剧名家都是"刻画人物"的大师，也都留下了丰厚的表演论述。即便普通的艺人，也知道要"装龙像龙、装虎像虎"。况且，关于表演技巧与刻画人物的关系，京剧行里有戏谚要诀。如"看看本儿，找找事儿，认认人儿，琢磨琢磨心里劲儿，安腔找俏头"，这是演戏的真经，出自有京剧"通天教主"之誉的王瑶卿。按今天的说法，这话"实操性"很强。字里行间没有"刻画人物"，但所有的环节都是围绕着对人物的刻画，且逻辑严密，层层环扣。这么看"京剧不刻画人物"论者，是颠倒因果了。

再说"卖唱论"，也是见树不见林。觉着自己是听戏的行家，蛮可以就一出戏的艺术呈现直抒己见，纵横捭阖。但唱腔与人物形象的关系，就是皮与毛的关系，"皮之不存，毛将焉附"。经典的唱腔有独立于演剧之外的欣赏价值，没人会否认。所谓经典唱段，那也是从海量的剧目里，历经岁月沉淀，由观众和市场筛选出来的少数精粹。一些具有相当审美经验积累的观众，往往更倾向于这样的审美和品评，客观上助推了京剧在声腔上对典雅和韵味的追求。这是审美主体对客体的需求，属于审美活动中的普遍现象。只是，这种普遍现象与京剧艺术的本质，没有必然的因果关系。而基于个人对唱腔的体会与好恶，就断言京剧的本质是"卖唱"，可谓妄言了。至于京剧的本质，固然可以见仁见智，但肯定不会是"卖唱"。若按"卖唱论"的逻辑演绎，如此众多的说白戏、武戏，便不是京戏了。想必提出"戏曲以歌舞演故事"的王国维，也是不赞成的。

如前所说，"京剧不刻画人物"是个伪命题。那么，激活京剧传统，用京剧的程式语汇和文学叙述方式去刻画人物，便是传承京剧的真学问。以梅兰芳、周信芳为代表的历代名家大师，毕生都在追寻这门永无止境的学问。其实，我们拂去历史的尘埃，不难发现20世纪所谓的京剧黄金时代，远非岁月静好似的一派安详，大师们的艺术创造无不是在各种挣扎与裹挟中走来的。看将起来，追求真学问从来都不是轻车熟路，而是艰难创造。

如今世事变迁，京剧与时代、与观众的关系愈发的疏离，对京剧的考问自然就愈发的严厉。这份考问，来自戏迷观众，也来自京剧业内。众多的考问，出发点和归结点必然各异，甚至迥然相左。确乎，京剧传承的话题已然超越京剧行业本身，俨然成为一个公共性的文化诘问。京剧，命运使然地要面对各执一端的关注和质疑。由此，当下的京剧乃至戏曲，便处于前所未有的尴尬。

尴尬是一种境况，亦是内心的游移不定，疑惑自己在当下的文化艺术格局中应当扮演怎样的角色。抑或是在众说纷纭的角色提供中，不知该怎么选择自己的定位。所谓"不刻画人物论""卖唱论"，便是一众热心人士为京剧设计的角色。当然，还有更多在各色伪命题支撑下的角色魅惑。诸如忘却本体艺术特征，纵身跃入时尚潮流。或者，在各种召唤中的强颜奔波。凡此，不胜枚举。

伪命题萦绕于个人，不要紧。从来就有这样的演员，陶醉于游离人物的自我表现，充其量是艺术境界高下的问题。倘若一个行业或团队被伪命题困扰，出现整体性的观念偏颇，其贻害就不可小觑了。尤其在当下，戏曲愈是受到社会各方的重视，愈要有清醒的自觉体认，要在各种舆论和建言中甄别伪命题与真学问，心怀忧患地去追寻戏曲的真学问，让戏曲的传承走在守正创新的正道上，以创造性的艺术劳动实现传统文化的创造性转换。

传统文化的 Z 世代青春力

胡 笛

"台下人走过，不见旧颜色；台上人唱着，心碎离别歌……"大学生宿舍里，几个女孩用程派青衣、梅派青衣、老旦、花旦不同戏腔翻唱当下流行的古风歌曲《赤伶》，惊艳一众网友。"开口便是国粹"，迅速在抖音出圈、近日大火的"上戏416女团"让人们再度惊艳于传统文化的青春演绎。这些Z世代年轻人，将自己的专业知识与新的媒介技术巧妙融合，把传统文化变成新的流行文化。

Z世代指1995年后出生、伴随着互联网发展成长的一代人，他们一出生面对的就是数字时代，被称为数字原住民。现在越来越多的媒体喜欢用Z世代来称呼年轻人，与其网络媒介属性大有关系。麦克卢汉的《理解媒介》一书中曾经论述："每一种媒介的出现都意味着人的能力获得一次新的延伸，从而带来传播内容的变化、接受信息方式的变化和生活方式的变化。"Z世代是拥有互联网思维的 代，使用各种网络技术是他们日常的生活方式。

　　消费市场更是早早开始了对他们的研究，美国的《Z世代营销》提到"在改变世界的进程中，Z世代已经成为最强大的力量，到2020年将占消费人口的40%以上"。中国的《Z世代圈层消费大报告》指出："作为优渥物质条件下成长起来的Z世代并非大众眼中'圈地自闭'的一群人。反而，Z世代青年是伴随着互联网快速发展，活跃在各类兴趣文化社交前沿的'Online'一族。他们更向往归属感以及认同感，志同道合的圈子文化和自成一派的语言体系，让他们的社群有序建起。"中国年轻世代聚集的文化社区和视频平台B站献给新一代的演讲《后浪》中有这么几句话："你们有幸遇见这样的时代，但是时代更有幸，遇见这样的你们。你们正在把传统的变成现代的，把经典的变成流行的，把学术的变成大众的，把民族的变成世界的。"网络信息时代，Z世代确实一出生就拥有多元文化交融的时代环境。而关注Z世代年轻人，其实就是关心人类生命与文明的传承。

一

　　作为数字原住民，Z世代活跃在各种网络平台。

　　人们看到，在B站这个网络多元文化社区，Z世代年轻人在多元文化交融中做出了自己的选择。例如，B站年轻人自己的春节晚会"拜年祭"中，《繁华唱遍》《京韵大鼓：复仇者联盟》

《万古生香》《横竖撇点折》等节目，都是二次元的动漫形象与中国古典诗词、传统戏曲、历史人物的结合。弹幕区观众热切地讨论着《繁华唱遍》的歌词哪一句化用了杜牧的诗，哪一句源自戏曲《牡丹亭》《桃花扇》的唱词；辨认《万古生香》中"断简遗篇挥毫续兴亡"的是班昭，"铁甲揩亮，舍旧时云裳"的是花木兰。

更令人赞叹不已的是一些年轻的手工艺UP主。UP主"才疏学浅的才浅"，在复原三星堆黄金面具和权杖的过程中，发现了面具鼻梁的纹路和权杖花纹设计的奥妙，与古代匠人有了穿越时空的技艺交流；在米兰时装周大放异彩的UP主"雁鸿Aimee"，其用金丝、雀羽、树枝等令人意想不到的材料制作的中国风饰品惊艳了全场；UP主"糖王周毅"用翻糖蛋糕制作中国传统神话人物，他制作的九尾狐、嫦娥、唐琬、花木兰等惟妙惟肖，人物头发上的步摇甚至能随风摆动……

同样作为Z世代聚集地的抖音，《2021抖音非遗戏剧数据报告》显示其覆盖了98.83%国家级"非遗"戏剧项目，且"90后""00后"观众占比超50%。一些"濒危非遗项目"也获得了青年的青睐。1997年出生的独竹漂传承人杨柳，"一竹载轻裳，起舞云水间"，向世界展现了中国的千年绝技；1998年出生的凌云，疫情期间下楼倒垃圾，顺势一个侧空翻舞了一出峨眉派剑法，短视频火到海外……这些短视频创作队伍的生力军也正是Z世代。

Z世代年轻人用自己喜欢的方式自觉传承和传播传统文化，用新的逻辑去拼贴、组合、演绎这些要素。对他们而言，传统并不是一成不变的古董，而是能够激发他们创造力和想象力的源泉。社会学家费孝通先生对文化自觉有过定义："它指生活在一定文化历史圈子的人对其文化有自知之明，并对其发展历程和未来有充分的认识。更重要的是文化自觉是一个艰苦的过程，只有在认识自己的文化，理解并接触到多种文化的基建上，才有条件在这个正在形成的多元文化的世界里确立自己的位置，然后经过自主的适应，和其他文化一起，取长补短。"在经济全球化的时代，传统与现代、东方与西方各种文化相互交融，Z世代正是在多元文化交融中看到了传统文化的光彩。

二

"国潮"如今是一个热词，这表现为不仅众多传统中国品牌借力推陈出新，而且以"国潮"为卖点的新品牌也在不断涌现。"国潮"澎湃，其中闪耀着众多青春的面庞——Z世代正是各种国潮产品的消费主力军。

2018年被视为"国潮元年"。中国运动品牌李宁携中国元素鞋服亮相纽约时装周，故宫口红推出即热销。各大卫视相继打造国潮文化节目，从北京卫视的《上新了·故宫》《我在颐和园等你》到河南卫视的《唐宫夜宴》《洛神水赋》，传统袭来，国风浓郁。经济全球化背景下的新国潮其主要特点在于它的文化属性，多多少少都在彰显传统文化的要素符码、传递东方文化的审美和价值。自带中华文化属性的故宫博物院、敦煌博物馆等多家博物馆的文创产品，便是受欢迎的国潮代表之一。

无论是福布斯报告所说的"抓住Z世代消费群体，相当于抓住了下一个10年的增长机会"，还是麦肯锡报告所说的"Z世代，是推动国内消费增长的下一个引擎"，都说明了Z世代已是国潮消费市场最大的目标群体。他们成长在国富民强、物质丰裕的年代，他们拥有的文化自信与国潮理念相互契合，鲜明的自我认知和个性化特征使得他们成为国潮的拥护者。可以说，他们的消费选择，也是他们的一种自我表达。

清华大学文化创意研究院教授胡钰认为，"国潮"不仅是国货之潮，也是国力之潮。有三个重要元素隐含在"国潮"概念中，它们分别是民族文化、国货品牌和青年力量。人类社会对青年力量的歌颂和赞美这一传统由来已久，而当下的数字时代更凸显出年轻人的创新创造力。

三

爱德华·希尔斯的著作《论传统》中有一个比喻，传统就像一座旧的建筑，人们长年住在里面，时不时翻修，它基本保持原貌，但人们不会把它说成是另一座建筑。艾略特也曾在

《传统与个人才能》一文中形容过文学传统的稳定与变迁，文学传统被每一部融入该传统的重要作品改变，现存秩序在新作品问世之前形成了完美的体系，当新鲜事物加入后，整个体系必须有所修改，尽管是微乎其微的变化，这就是新事物与旧事物之间的协调。

传统并非静止的，每一个世代都像新事物一样去融入传统久远的时空秩序中，与传统对话，无论这一代人多么有能力，也只是创造他们这一代的部分，而那些宣称要告别传统、抵制传统的也只能针对传统中的一部分，我们都活在"传统的掌心中"。

现代社会重视"世代"概念的背后实则是重视年轻人，我们不用着急判断他们的文化立场。他们或许也不愿意被定义。传统永远在一代又一代年轻人不断的对抗、分解与重构中形成它自身。Z世代所表现出的对传统文化的依恋或爱恋或许显得更为突出，那些古老而美丽的文化，唤起他们的共鸣甚至激发他们的模仿或再创造，这就是传统的生命力。

值得思考的问题还有，每一次技术创新，都会更新人们对传统文化的表达方式。传统文化艺术的传播经历从工艺媒介、文字媒介、现代大众媒介到网络媒介的发展，都发生了深刻的变化。保罗·瓦莱里在《无处不在的征服》中有过类似的预言："人们必须估计到，世界正发展着的伟大的技术革新会改变艺术的全部表达技巧。"

国漫发展还差了"哪一口气"

钟菡

国漫的"短板"就快被写在脸上了。从2015年的《西游记之大圣归来》带出"国漫崛起"的话题开始，就有人不断提醒，国产动画技术已经"不差钱"，"讲好中国故事"才是王道。直到最近上映的上海淘票票影视文化有限公司等出品的《白蛇2：青蛇劫起》里，特效画面已经炫到可以和好莱坞大片叫板，故事却还是差一口气。而一部电影能否引发全民观影热潮，差的可能就是这一口气。

"大圣""哪吒"到"姜子牙""白蛇"，这些年来国漫在探索和波折中前行，与其争论其崛起与否，不如说我们正在历经国漫的"觉醒年代"。而未来的国漫该走什么路，答案如今也逐渐清晰了。

人都没有，谈何"宇宙"

据灯塔专业版实时数据，截至8月5日9时35分，《白蛇2：青蛇劫起》上映14天，票房正式突破4亿元。作为一部成人向国漫，放在今年略显冷清的暑期档中来看，这是个颇为亮眼的成绩。不过，它其实可以做得更好。

在春节档电影《新神榜：哪吒重生》的片尾彩蛋里，《白蛇2：青蛇劫起》就露出冰山一角，小白被法海镇压在雷峰塔后，小青为救小白进入了另一个时空，迎面而来的是摩天大楼的大玻璃窗，引发人们对将神话嫁接入现实世界的观影期待。事实上，追光动画团队的第一部作品《小门神》的开头，就设想神仙在现代遇到"下岗"危机，并由此引发一场令人啼笑皆非的再就业转型培训，可谓脑洞大开、妙趣横生，又有一定的现实反讽意味。

遗憾的是，这两个故事都有些虎头蛇尾，编剧起了一个好头，吊足了观众的胃口，但没能一以贯之地妙笔生花下去。《小门神》借"神仙再就业"引发的传统如何融入当下的思考，最终被帮助小女孩斗恶霸的套路叙事喧宾夺主。《白蛇2：青蛇劫起》中，小青借当下价值观重新审视《白蛇传》中白娘子与许仙爱情合理性的思辨，也很快被大量飙车、枪战戏所带来的"爽片"视觉快感所解构，而靠不停地刷怪练级，靠一个个配角的牺牲来引发自我觉醒的"大女主"套路，观众早就在真人影视剧里品尝够了。

当然，有瑕疵的故事不妨碍整体创意的优秀，相比剧情逻辑上的精雕细琢，追光显然把更多工夫花在世界观上了。从

《新神榜：哪吒重生》到《白蛇2：青蛇劫起》，可以看出其在搭建世界观上的良苦用心。

美国作家海明威有一个知名的冰山原则，即小说就像一座冰山，作者只应描写浮在海平面上的八分之一，剩下的八分之七为潜文本，需要读者自己去探寻。这样的文学作品是开放的，它具有多义性，吸引读者去反复阅读、发现，构建自己的完整解读。

《新神榜：哪吒重生》虚构了一个架空的东海市，它将20世纪二三十年代的老上海和神话故事里的龙宫融合，把四海龙王化为东海市的一方豪强四大家族。电影中浮在水面上的四大家族之首德家，是东海龙王的现代转写，他眼中的死敌，也就是该片主角、哪吒转世的机车少年李云祥。相比于电影中对"哪吒闹海"故事的重新演绎，更让人产生兴趣的是这个带有东方朋克风格的奇幻世界，李云祥的故事只是其中的冰山一角。电影中还出现了第三方势力——"面具人"孙悟空，人物设定显示他是一个有故事的人，而四大家族中另外三家只是作为背景出现，西海龙王之子也就是《西游记》中的白龙马是否也存在这个架空世界里，能否与《西游记》中的世界勾连起来，都让这部电影具有了文本之外的趣味。

《白蛇2：青蛇劫起》中，细节设定丰富的修罗城同样有一种文本开放性。比如在小青初到修罗城时帮助她的孙姐，以及收留她们的章鱼精的故事都没有完全展开。男二号司马官人是如何成为修罗城中最强的男人，他在"无池"中看到的执念是什么，又是如何了却的？美貌的罗刹姐妹如何与司马官人达成依附关系，又有着怎样的故事？这些都是影片里冰山之下的部分，也是可以更有看点、吸引观众N刷的部分。

但在修罗城中，这些配角只是一笔带过，前后缺少呼应。罗刹妹妹的过往还没交代就匆匆下线，令人感觉她只是组成世界观的有机材料，司马官人则成了促使小青成长、思路转变的工具人。一个人可以只写八分之一，但不能只设计了八分之一。人物单薄扁平，无法带动观众的观影和探索兴趣，再精心设计的世界观，也浮于一次性消费的瑰丽视觉表象。

对于IP长期发展来说，构建世界观当然是必要的。打造"封神宇宙"，追光的《新神榜：哪吒重生》的世界观框架已经够丰富，接下来怎么唱戏可谓游刃有余。彩条屋影业尽管先推出了《哪吒之魔童降世》和《姜子牙》，但在世界观上构建有限，能否"宇宙"起来仍然要靠下一部去联动。

不过，电影不能为了搭建"宇宙"而存在，自传里都没能挖掘出人物个性来，想要靠宇宙来搞CP（组合）、用多人联动的方式制造看点未必行得通。相比《哪吒之魔童降世》，《新神榜：哪吒重生》中哪吒转世的李云祥显然还不够深入人心。很多观众吐槽《姜子牙》的片尾彩蛋好过正片，在于彩蛋中的姜子牙凸显了强迫症这一性格特点，以至于在和哪吒的互动中有了戏剧冲突，其前提是哪吒已经是一个性格塑造成功的人物。

《白蛇2：青蛇劫起》中，观众能感受到小青的酷飒，但"蛇"的属性完全没有体现。角色特征不明显，对于后续的宇宙开发是一个问题。

电影学者指出，动画编剧人才比真人电影更为缺乏，在从动画大国迈向动画强国的路上，缺乏好故事、好剧本成为国产动画电影面临的突出问题。国漫技术不断进步，更加暴露了剧本的瑕疵，在技术支撑起宏大世界观、宇宙化发展野心的同时，更应把精力放在剧本打磨和人物塑造上。一个人物立不住，可能整个世界观都无法成立，人都没有，谈何宇宙？

不打破圈层，如何出海

国漫有"神话"，更要有"未来"。这是彩条屋打出"首部科幻动画"旗号的《冲出地球》在定档时的豪言壮志，然而，不久前该片匆匆撤档，为国漫在科幻领域的拓展画上问号。值得一提的是，这部作品改编自豆瓣评分9.5分的动漫剧集《星游记》，"首部科幻动画"的底气来自高口碑原作的粉丝积累。彩条屋对其定位是"国风科幻"，科幻之上，仍有国风，让这部开拓式作品似乎上了双保险。

对于国漫来说，传统神话是个重要的保护色。《新神榜：哪吒重生》《白蛇2：青蛇劫起》的故事、场景已经足够现代，但仍然离不开传统神话IP的壳子。《哪吒之魔童降世》的故事内核和人物关系与《封神演义》几乎是反着来的，但仍然要借古人的酒杯。

国漫总在神话题材里打转，与市场有重要关系。此前，原创动画《魁拔》三部曲尽管有不错的品质，但票房接连惨败。其中有"生不逢时"的因素，但也有人指出，缺乏IP积累直接推出动画电影，让这样的作品很难一下子找到观众。

《喜羊羊与灰太狼》《熊出没》等同样是原创动画，但在推出电影之前，都有动画剧集的长期铺垫，逐步培育IP打开市场。把自身定位为"动漫公司"的米哈游在开发游戏产品时，会根据开发成本的高低先做小说、漫画、短片动画，为最后的游戏成品不断试错。比如小说中安排的新角色如果人气高，会同步到漫画里面开发剧情；如果用户不喜欢，就会在下一个章节中死亡。漫画中受欢迎的美术风格、人物形象等，再进入动画里接受用户反馈，以此确保进入游戏产品的角色符合市场需求。

对于动画电影而言，缺乏原著小说、短片动画的"试错"成本，会让整部电影的票房成败显得孤注一掷。而改编自中国神话故事的国漫电影，相当于跳过了小说阶段的试错，并且拥有了数亿观众的IP积累。但这种方式也存在着某种惰性，比如《白蛇2：青蛇劫起》直接把《白蛇传》的故事当作影片的潜文本，对小白、许仙、法海之间的纠葛没有详细展开，默认观众都有这种集体经验，而剧中主线叙事却另起炉灶，让影片带有一种同人文学的倾向。

《白蛇2：青蛇劫起》中，执念是重要因素，但电影中没有详细说明为何小青、小白之间会有执念，让观众感动的姐妹情，几分来自电影中的人物塑造，几分来自既有经验的脑补，恐怕难以分清。同人式的神话IP改编可以省去人设铺垫，而且很多人物自带流量，但同样很容易把观影群体束缚在粉丝圈层内。确实，有大量为《白蛇2：青蛇劫起》N刷的观众，有人甚至想要看30遍。但为探索细节而多次观影可取，单纯为了"冲票房"则无必要。国漫可以有自来水，但不能只靠自来水。不打破圈层，国漫如何获得更大范围的观众，如何出海？

在国漫的"觉醒年代"，期待爆款

另一方面，相比系列宇宙从纵向上延续IP生命力，国漫在横向上的开发还远远不够。动画人王雷曾说，国漫在奔向春天的道路上，还有一个问题没有解决——盈利和回收模式。"在国外，不管是儿童动画还是成年动画，几乎没有只靠发行来赚钱的。最典型的如迪士尼，它的主要营收来源是主题公园和衍生产品，上下游产业链条贯通，形成了一个相当良性的机制，能够持续从内容出发，用五年、十年完成成本回收。我们应该注重动画的下游衍生环节，打通后面的渠道。"

为延长作品生命周期，热播影视剧已经开拓出了演唱会的售后新形式。对于国漫来说，不能还局限在卖手办、盲盒等单一的周边开发上。清华大学新闻与传播学院影视传播研究中心研究员司若曾介绍，迪士尼动画《冰雪奇缘》中的公主裙从剧情设计时，就考虑到后面能出什么样的衍生品，能否持续多年开发并行销全球。从这个意义上说，电影更像一部超级广告，把它要卖的东西、想要打开市场的品牌放进去，并通过上映列出产品清单。而对于大多数国内影视剧来说，做完"广告"后，要卖什么产品还没想清楚，缺乏跟进的商业模式。

拓展神话IP，让传统故事和当下情感有更好的结合还大有可为。培养风格化的导演、编剧或许也是一种IP打造方式。比如曾在上海国际电影节引发抢票热潮的日本动画导演今敏，他的作品并没有宇宙化，但他强烈的艺术风格吸引观众愿意为他的一部部作品埋单，甚至可以反过来影响真人电影。

黄家康和赵霁联合导演了《白蛇：缘起》，在之后的《新神榜：哪吒重生》和《白蛇2：青蛇劫起》中，他们分别独自执导，也让人感受到了两位青年导演的成长。能否形成鲜明的导演风格，并且得到观众认可，愿意冲着导演而走进影院，也许是国漫未来脱离神话IP，自由选择题材、开拓市场的一种因素。

前不久，粤剧电影《白蛇传·情》票房超1347.6万元，成为中国影史戏曲类电影票房冠军，如今影片票房已经超过2000万元。此前，曾有学者批评过戏曲电影中过度使用声光电手段，消解了戏曲的艺术特性。戏曲电影领域一直存在重戏曲还是重电影之争。但《白蛇传·情》并不能证明重特效、高电影化是

| 现实的戏局不分昼夜

戏曲电影未来的方向，毕竟样本太少，一部影片的成功，无法说明全部问题。

国漫电影则不同，从《魁拔》三部曲陨落映衬出IP积累的重要性，《大护法》《妙先生》的票房失利证明了过于成人化难吸引大众，《大鱼海棠》《姜子牙》的高开低走凸显讲明白故事才是第一位的，而追光动画的《新神榜：哪吒重生》和《白蛇2：青蛇劫起》则在开拓一种国漫超级英雄电影的模式，最终能否成功，还要看后续作品。

从大家开始呼唤国漫崛起的2015年开始，时间已经过去了6年，在国漫的"觉醒年代"里，一部部饱含热血和情怀的作品为国漫的未来不断试错，也积累了足够的经验，有理由让人相信下一个爆款很快就会到来。

饭圈乱象背后的文化逻辑与经济动因

杜 梁

偶像培育的重点并非塑造虚假人设和顶流假象,而是提高明星的专业素养与道德水平。这样不但可以提升偶像经济的长尾效应,降低"塌房"风险,也可令饭圈不再"内卷",让追星成为一件理性而美好的事。

近期,相关部门展开"清朗·'饭圈'乱象整治"专项行动,针对不良追星现象提出管理意见,将日趋失控的饭圈文化推至社会治理和公共舆论的焦点位置。

饭圈本是粉丝群体基于共同的偶像崇拜诉求集聚形成的趣缘圈子,也是过度强调流量思维的偶像工业生态中不可或缺的一环。如今,饭圈因网络控评、拉踩引战、集资应援和过度打投等非理性行为,形成纷纷扰扰的饭圈乱象。因而,针对饭圈的有效治理,不仅要对青年亚文化做出现象剖解,也需寻找粉丝迷群走向失控的文化逻辑与经济动因。

现实的戏局不分昼夜

待哺的偶像与造星的迷群

偶像工业的兴起，是饭圈文化发展的必要前提。20世纪八九十年代，在相对成熟的造星机制支撑下，一批港台明星风靡大陆，作为饭圈先行者的追星族批量涌出。这一时期，粉丝追星行为多出于个体自愿，歌迷、影迷之间的关联性、组织性较弱，他们主要通过影视剧、演唱会、音乐专辑和明星周边等内容产品，与崇拜对象产生不同程度的联系。将内容产品作为粉丝与明星进行情感联系的重要中介物，以及追星者付出金钱的等价交易物，当算是一种较为理想的粉丝经济运行模式。

进入21世纪后，大陆偶像工业与饭圈文化相伴相生，日渐成熟。这一过程中，"偶像+流量+饭圈"的盈利模式成为行业常见的运营策略。颇具代表性的案例是：其一，2005年，主打大众票选和偶像养成的《超级女声》一跃成为爆款综艺，"玉米""凉粉""盒饭"等存在一定组织性、排他性且具备打投功能的迷群，充分展示出他们在生产流量数据方面的高涨热情。其二，一批曾赴韩国参加练习生训练并在当地"成团出道"的偶像艺人，携"韩流"余威陆续回国，他们凭借具有专业度的粉丝在微博、贴吧等网络社交媒体制造的惊人话题数据，跻身内地娱乐圈"顶流"行列。时至2018年，兼具大众票选打投模式与练习生"成团出道"概念的两档偶像养成综艺《偶像练习生》

和《创造101》播出，再度引发饭圈集体狂欢，也进一步强化了流量数据在偶像工业中的重要性。

偶像工业进入"流量为王"时代后，饭圈从原本将明星视作认同与模仿对象的追星族，转变为偶像养成过程的参与者乃至供养者。粉丝迷群参与偶像文化消费的目标产品，也从内容文本中的明星符号，变更为"爱豆"（偶像）形象与人设的混合体。原因在于，粉丝流量已经成为资本方衡量明星商业价值的重要指标，而人设的巧妙使用，能够使知名度较低的偶像迅速获得粉丝认可，从而降低"吸粉"成本。而粉丝群体极易对人设光环笼罩下的偶像产生非理性共情，他们奋力通过打投、应援、消费以及数据造假等行为，提升"自家艺人"流量，将之推向顶流"神坛"。

互联网时代超高流量数据的生产，需要粉丝群体协作方能完成，饭圈也因此成为组织严密、等级明确且分工精细的民间迷群。饭圈后援会下设分工明确的不同部门，如为偶像投票冲榜做数据的"打投组"、规划线下应援相关事宜的"策划组"、进行网络控评和举报删除明星黑料的"反黑组"、以偶像名义施行公益举动的"公益组"等，不一而足。饭圈的高度组织化发展，既在一段时间内打造出流量明星层出不穷的亚文化奇观，也成为这股缺乏监管的力量走向失控的重要原因。

价值维护与票房失灵

当粉丝迷群为维持偶像惊人的流量数据和话题热度而奔忙时，他们中的多数人并未意识到，饭圈虽名义上是偶像工业中的造星者，本质上却是遭到流量绑架的"打工人"与等待偶像行业资本收割的"韭菜"。

仍以2018年以来的网络选秀综艺节目为例。按照这类节目的规则设定，粉丝需要购买节目指定产品来获取打投选票。今年播出的《青春有你3》将部分投票二维码打印在指定款乳制品的瓶盖内部，在痴迷于助力偶像成团的粉丝群体眼中，这些产品里二维码的打投价值已经超过牛奶的饮用价值。甚至，部分疯狂的粉丝"只要瓶盖不要奶"，雇人取下瓶盖后将牛奶倒掉。此事随后演变为震惊全国的新闻事件，最终以节目停播、无人成团收场。在这种打投模式中，赞助商能够提升品牌认知度与产品销量，节目组获取资金支持与销售分成，特定明星艺人迅速提升自身流量与商业价值，受伤的是无辜的牛奶、游戏规则以及社会认知。"选秀节目背后的打投乱象如此猖狂，冠名商、选秀平台、粉丝都难辞其咎。"

粉丝迷群打投的根本目的，在于提升偶像的商业价值。但明星商业价值的维护，又需要粉丝持续的经济投入与营销助力。偶像跻身流量阵营后，各种产品代言纷至沓来。出于维系偶像与资本方关系的目的，饭圈众人需作为"种子用户"下场购物，由此初步推高产品销量、助力品牌宣传，即使奢侈品代言也不例外。由于应援成本不断升高，有些囊中羞涩的青少年在饭圈"为爱而战"的情绪煽动下，甚至做出"贷款应援"等竭泽而渔式的举动。

然而，利用明星效应和粉丝营销助力产品"出圈"的策略，在国内影视剧市场上频频失灵。2019年，鹿晗主演的科幻片《上海堡垒》仅取得约1.24亿元的票房成绩。同年，电影《诛仙1》上映。这部影片由当时刚凭借电视剧《陈情令》人气飙升的肖战和在选秀节目中以第一名成团出道的孟美岐主演，最终收获4.05亿元票房，尚不能算是"爆款"。明星效应在票房市场失灵。除了营销拉动能力相对有限，粉丝热衷于在社交媒体上替偶像"撕番位"的做法，也常常令影视作品陷入负面新闻中。

产业逻辑与资本驱力

种种饭圈乱象的出现，根本原因在于偶像工业资本采取批量化、速成式造星的短视策略。当前偶像经济的发展思路，已经从培养高质量明星转向打造高质量饭圈，其内在逻辑是：经纪公司将偶像视作能够快速更新迭代的符号"商品"，并利用粉丝群体的数据制造能力迅速将其中少数人推向顶流位置，然后收割明星的商业价值，一旦明星的热度下降，便开启新一轮造星过程。部分经纪公司为了持续利用粉丝生产流量数据，会专门雇用职业粉丝即"脂粉"对饭圈行为进行引导。"脂粉"大多并不对某个特定偶像存在认同心理，而是通过粉丝行为获取报酬的专职从业者。他们擅长对普通粉丝进行精神洗脑以提升用户黏性，也能够驱使粉丝按照经纪公司要求行事。"脂粉"中另有一类职业黑粉，专事编制黑料、恶意骂战、洗脑路人乃至"网暴"异议者。

资本操控下，粉丝迷群盲目爱恋偶像到近乎失智的地步。多数速成明星以人设光环遮蔽其专业水平的不足，演技不够成熟、演出现场"划水"等状况时有发生。尽管如此，流量明星的粉丝依然在以"你知道他/她有多努力吗？"句式，为偶像进行苍白无力的辩护。更有甚者，今年4月，某选秀出道的偶像预售数字专辑，产品上线不足两小时销售额超5000万元。但专辑预售4个月，出品方只交付了5首歌曲，且并未明确剩余作品的交付日期。这种做法被媒体公开质疑"割韭菜"，该明星粉丝却将非理性消费表述为个人自愿与消费自由，还对维护其权益的媒体展开网络攻击，一时间舆论哗然。凡此种种，都说明失控的饭圈已经到了必须加以引导和整顿的地步。

边界设置与模式重构

加强对饭圈文化的社会治理，需要从行政管理层面为偶像经济运作设置边界。当下，《关于进一步加强"饭圈"乱象治理的通知》中各项措施逐步施行，对社交平台、明星艺人、经纪公司和粉丝群体等多方进行规范和监管。这不仅有利于引导粉丝群体正确审视自身与偶像的关系，也能够推动偶像经济领域行业自律的形成。

根本来看，整顿饭圈乱象的关键是重构偶像经济的运营模式，破除业已根深蒂固的流量思维，抛弃牟取短期暴利的做法。偶像工业本质上属于以明星形象为核心产品的创意经济，其运行模式的制定，仍须遵循内容为王的产业逻辑。因此，偶像培育的重点并非塑造虚假人设和顶流假象，而是提高明星的专业素养与道德水平。这样不但可以提升偶像经济的长尾效应，降低"塌房"风险，也可令饭圈不再"内卷"，让追星成为一件理性而美好的事。

2

装睡的人，该醒醒了

国产电影市场要档期，而非"档期依赖"

张富坚

电影放映一直是某种仪式感的体现。1895年卢米埃尔兄弟在巴黎咖啡馆放映电影、1905年谭鑫培主演的《定军山》在前门大观楼放映，都是实例。这种仪式感天然与商业基因契合，是文化传播的重要途径。电影档期的出现则强化了这种仪式感，催生出以影院为核心的消费模式，让假日经济、节令狂欢的业态得以显现。自疫情出现以来，"社交距离"导致的购物中心萧条让电影院线原有的档期策略受到冲击，业内人士纷纷提出救市之方，试图激发国产电影市场的内生动力，摆脱对档期的过度依赖。

回看2020年暑期档、国庆档以及2021年元旦春节档、五一档等，诸多影片量质并举，大众的文化消费诉求被释放，电影市场回归繁荣。但随之而来的2021年暑期档却平淡如水，鲜有热点。在当下的经济背景下，叠加疫情带来的不确定性因素，原有电影档期运营规则受到挑战而不得不被重构，电影创作也面临革新的局面。中国电影产业要获得强大的创作生产能力，不能仅依赖黄金档期中的头部电影，也要依靠一般艺术电影甚至非档期电影。传统意义上的档期影片重商业性、主流叙事、时令性强、类型细分、受众明晰，所以合家欢、传奇性、大制作是市场主流。但是，承托起商业电影市场基底的还有很难适用档期规则的艺术片和小成本制作。作为中国电影不可或缺的组成要素，在市场的实践中不能忽视艺术片和小制作影片，它们要在非档期时段被重视，给予市场空间，甚至要先行支付社会和市场的沉没成本。

档期意识的发端

回顾历史，早在1908年，镍币影院全面替代杂耍表演剧场，成为美国电影放映的主要场所，给电影传播的格局带来革命性变化，也给娱乐业带来繁荣浪潮。随后，围绕影院的周期性营销活动进入到电影发行领域，催生了电影的类型化创作。各大电影公司为了规避恶性竞争，在不同时段推出自家影片，以获取更好的票房回报。不过，"档期"概念直至20世纪70年代才真正成熟，好莱坞的电影公司和发行商长期研究观众的观影倾向，认为在特定时间段里以观众为中心推出特定类型的影片更能够获得票房成功，于是类型创作与档期结合，成为电影商业运作的不二法门并延续至今。

中国内地电影市场的档期意识，发端于20世纪90年代中后期。1994年，中影集团公司开始引进美国大片，从而激活了商业电影市场，随即成龙的《红番区》等动作片在全世界风靡，在内地赚得盆满钵满。可以说，在内地电影市场尚未进入充分市场化的时期，无论是进口片还是国产片发行放映，都不存在所谓的黄金档期。直到成龙的系列动作片被作为大片引进内地时，业内人士意识到，把大片作为文化消费的主力产品，在元旦、春节期间推出会焕发出巨大的价值潜力。在此背景下，1997年末上映的《甲方乙方》作为中国内地电影史上第一部贺岁片，获得了3600万元的票房佳绩。这是内地电影人第一次因市场主体意识的觉醒而主动选择档期电影模式，给国产影片运营带来的影响不啻一场启蒙。自此，围绕档期的有意识创作持续给中国商业电影市场带来变革，内地市场逐步形成有别于好莱坞且有中国特色的档期格局和档期规律。

头部电影引领市场成功

近年来，国产电影票房的一路增长与档期的关系密不可分。过往的电影投资过度关注收益回报，忽略了市场规律和受众需求，诸多影片表现出"快消品的特性"。而档期的出现，尤其是同一档期内不同影片的竞争态势和差异战略，倒逼国产大片在内容上精进，在营销上精准。这两年中国商业电影逆势爆发，提供了一个出色的档期繁荣的归因案例：创作上要符合中国观众的审美需求；商业模式上须兼顾庞大观众群与细分影迷群。

先看创作。《八佰》《夺冠》《我和我的家乡》《你好，李焕英》《悬崖》等头部电影各有卖点，但均有双重审美体验。一是遵循汤姆·甘宁的"吸引力电影"理念，即直接诉诸观众的注意力，通过令人兴奋的奇观激起视觉上的好奇心，给人们提供观影快感。二是在艺术格调上构建"想象的共同体"和"共同体美学"，强化家国意识，提振了疫情下观众对国家民族凝聚力的信心，营造观众对新主流电影的认同感。以上几部影片都是针对当前中国现实经验的艺术实践，基于当前中国电影的历史语境和全球化定位，是在"我者思维"基础上的创作选择，力求通过表达共同诉求获得共鸣，从而具有丰富的互文性和娱乐性。它们进入各个不同档期的时机合适，最终引领市场获得成功。

再看商业模式。在电影受众细分化、营销精细化的当下，依附于假日经济、立足于商城综合体的档期电影消费，是疫情后中国经济复苏的明证。在头部影片的带动下，电影文化的整体消费氛围高涨，而档期内针对不同观众的内容区分和市场驱动也是关键，例如在暑期档主要关注学生群体，在传统节日如七夕等弘扬古典浪漫，在新年档主推合家欢的喜剧类型，这样的市场操作必然可以释放档期资源的红利。档期之下的排片更是一门学问。眼下，片方为避免排片率不足致使作品受到市场挤压，对自家影片进入院线的时机选择更为谨慎，包括主动采用分账比例调节等手段影响档期动向，让充分竞争后的排片安排更为合理，这无疑是营销精细化的结果。

这个夏天不太热闹

疫情影响下，中国电影票房在2020年首度超越北美，成为全球第一。2021年的元旦春节档、五一档期，国产电影票房狂飙突进，广大群众的文化消费诉求在祥和欢愉的节假日尽情释放。对国产电影创作和发行放映而言，可谓一片繁荣景象。根据艺恩数据统计，2021年五一档票房16.7亿元，比2019年增长10%；观影人次0.44亿，比2019年增长26%。但我们仍需看到，这些成绩的取得也与国际电影市场的停滞、好莱坞大片的缺席有着紧密关系。

疫情暴发之后接连几个热点档期均收获满满，这让市场对随之而来的暑期档充满期待。然而，迎来的却是一个"凉夏"——2021年6月票房21亿元，几乎是2019年6月的一半；7月票房32亿元，比2019年7月少了25亿元。8月4日，国家电影局发布《关于进一步加强当前电影院疫情防控工作的通知》，要求进一步严格落实分区分级防控要求，低风险地区电影院上座率不得高于75%，中高风险地区电影院暂不开放。

同日，原定于这个暑假上映的电影《长津湖》官宣延期上映，这部电影原本被寄予厚望，被视为暑期档的扛鼎之作，片方称"这一轮疫情对于我们电影行业来说，又是一场无比艰巨的挑战与考验"。显然，《长津湖》发行方已然意识到此刻上映难以取得理想的票房，推迟上映是无奈之举。此外，还有《冲出地球》《拯救甜甜圈：时空大营救》《皮皮鲁与鲁西西之罐头小人》等影片陆续撤档，让这个夏天注定不太热闹。

头部影片少、类型创作单调、上座率限制、受外部环境制约明显……电影产业上下游所遭遇的这些冲击，最终都涉及电影市场的核心问题——电影院线占据了发行的主导地位，而档期的展开只能在院线进行。

增量更在非档期

今年暑期档的疲软有其特殊原因，但依然要看到这样一种可能性：接连火爆的档期透支了疫情期间群众的消费热情，加上头部电影的缺失加剧了观众的流失——这不由得促使业内人士思考未来电影市场的结构问题。

回看过去的一年，头部电影之外的艺术片与小成本制作往往被人忽视，这二者难以融入黄金档期，游离于主流赛道之外。尽管在政策扶持下它们容身的空间有所拓展，但相对于类型电影的高歌猛进，无论在票房还是社会认知方面仍差距明显。

电影档期的兴衰，是中国城市化过程中新消费升级的一个侧面，也是市场复杂性的体现。

从当下情况来看，国内电影市场的未来增量在档期，更在非档期。因为主流叙事、主流电影之外尚有小众的、分众的、亚文化的叙事和电影，这是电影市场的内生动力组合，要齐头并进。虽然中国内地票房成功登顶全球，但是电影"国际循环"的局面显然尚未打开，即便国内票房成绩卓著，也远未实现国内大循环的完美布局。最大的问题在于需求侧呈现粗放结构，对观众的细分化认知不足。对目前的中国电影观众而言，他们走入影院，基本属于"看菜下饭"，甚至由于院线电影类型单调，观众有时还难免"饥不择食"。影院所能提供的菜单较为有限：一方面是因为进口大片缺席，另一方面是因为国产商业电影的创作局限。伴随着市场更多元化的发展和观众审美视域的进一步拓宽，观众对于影片类型必会变得更宽容。从商业片来看仅有像《少年的你》《芳华》等少数几部影片，不过多依赖黄金档期的优势实现票房突破；纪录片《二十二》关注日军侵华战争中国幸存的"慰安妇"，因为口碑过人和题材敏锐，也在非档期收获了过亿元的票房，让我们看到中国电影市场的包容性和多元活力。这同时表明，观众对于优质内容的渴望是可以突破档期局限的。

若不能在创作与商业模式上与时俱进、不断迭代，仅靠因疫情而积累的报复式消费欲望，依赖档期获得票房的产业格局，较难保证中国的电影市场持续走强。所以，在主流院线之外争取长尾市场,把艺术片和小成本电影视作市场的有机成分,占据非档期时段,为做强做实中国电影市场提供结构性支撑,将是下一步电影市场发展的方向。换言之,既要想办法留住艺术电影的忠实粉丝,还要拓展渠道争取平素看惯"爆米花电影"的广大观众。一言以蔽之,优质内容为王,渠道拓展为技,市场锚定为基,电影行业要克服急躁心态,精耕细作,多元并举,如此才能赢得市场。电影从业人员应尽可能地创造条件、承担责任,打造全方位、细分化的市场渠道,提供专业度更高、聚集效应更强的线下电影场馆和线上电影社群。

中国电影市场的自我革新和再造能力,在档期的迭代和演化中日新月异,与此同时,观众对于国产电影的期待值和购买意愿正在提高,市场黏度在形成,产品供给在重构。目前中国处于由电影大国向强国迈进的关键期,要不断提升核心竞争力,要优化档期时段,也要提高总体市场阶段尤其是非档期时段的质量,引导内生动力向全时段释放。

止刹歪风　回归本分
为艺为人　德艺双馨

胡凌虹

近些年娱乐圈的种种乱象不仅败坏了行业形象，也损害了社会风气。幸而在相关部门重拳整治下，人们感受到，以资本为导向的流量时代翻篇了。不过相关思考不止于此，文艺界关于行风建设、行风引领的探讨眼下正如火如荼。先是"修身守正　立心铸魂——中国文联文艺工作者职业道德和行风建设工作座谈会"在北京举行，紧接着全国各地文联、文艺家协会的艺术家也纷纷参与座谈、畅谈感想。

在深度交流中，"向德艺双馨的前辈艺术大家学习"频频被提起。虽然在满天飞的各种炫目数据中，老艺术家们似乎显得悄无声息。然而一旦被提及，便是满屏对他们的赞誉，人们念念不忘他们创作的脍炙人口的作品，亲切地称他们为"人民艺术家"，亦借此痛斥那些急功近利的天价片酬明星。这绝不仅仅是"爷青回"，是"念旧"。人们惦念老艺术家的，除了他们卓越的艺术成就，还有高尚的艺德艺品、无私的奉献精神。他们的艺术人生展现了文艺工作、文艺从业者原本应有的模样，对今天的文娱界乃至社会来说都是一面让人警醒的镜子，一剂可贵的清醒剂。

占C位的永远应该是作品

有流量明星的场子，往往免不了"番位"之争。近些年，为自家"爱豆"（偶像）争取利益，各家粉丝间的"撕番大战"常常闹得沸沸扬扬。因为番位代表着资源和排面，关乎着品牌代言等商务资源，争C位似乎成为现今艺人们理所当然的努力目标。但真正的"明星"并非如此。

著名表演艺术家秦怡，是"新中国二十二大电影明星"之一，获得众多重量级奖项、荣誉，包括"人民艺术家"国家荣誉称号，这位大明星却乐于跑龙套。她说："当我用心演绎时，我的'跑龙套'的角色也能发出光彩，我也同样感受到了创作的愉快。"在她看来，如果每出戏的演员都很认真地把自己作为"重要一部分"的话，那么戏的整体质量肯定能提高。

演员没有大小之分，这是前辈艺术家的共识。著名表演艺术家娄际成回忆上海青年话剧团时谈道：在我们这个群体里，是互为主角，互为配角，互为重要角色，互为小角色，互为群众角色。无论戏份多少，演员都认真热情地创造。演员更为重视的,是戏。

现在的剧组中,一个流量明星身旁簇拥着助理、保姆、司机、经纪人等一大帮人,已成常态。而在以前,演员除了演戏,还可能兼管化妆、服装、道具、采购等职。条件艰苦,但剧组关系融洽,大家相互帮忙。在他们心中,艺术才是最大的。在整个剧组的齐心协力之下,作品成为流传甚广的经典,而剧中哪怕再小的角色也能在历史的长河中留下无法磨灭的光芒。反观现今娱乐圈,种种是非颠倒、美丑不分的歪风背后,是一些各怀鬼胎的追名逐利者,为利益屡屡失控互撕,甚至不惜背离公序良俗、逾越法律底线。

为人民还是为人民币

现今各方面的创作条件大大提升,如何才能创作出更多打动人心的作品?关键在于:心里装着人民还是人民币。几十年来,全国各地都在演奏《红旗颂》,如果根据著作权法收版权费的话,《红旗颂》作者、著名作曲家吕其明可能是千万或亿万富翁了。他却淡然笑着说,只要乐队愿意演奏,老百姓喜欢听,就非常欣慰了。

退而不休是许多老艺术家的常态。他们头发斑白、步履蹒跚,却常被人们称为"80后""90后",因为他们眼里有光,浑

| 装睡的人，该醒醒了

身散发着不输于甚至超越于年轻人的创作激情和拼搏劲头。他们本可颐养天年，却依然坚守在创作一线、延续着对艺术的追求。他们关注国家大事，热心于公益事业，当地震、疫情等灾情出现时，生活朴素的他们也常慷慨捐献积蓄。

面对观众，他们从不高高在上。今年，著名滑稽戏表演艺术家童双春、著名越剧表演艺术家王文娟接连逝世，许多粉丝、观众深感悲痛、深切缅怀。只因，老艺术家心中一直装着观众。2020年8月，为了更好地与久违的观众见面，童双春在上海文联举行的新书发布会上，与老搭档李青表演了一个精心准备的节目。当时，主办方、全场观众恳请年事已高、腿脚不便的老艺术家们坐在已备好的椅子上表演，但他们为了表演效果，坚持站着演出。王文娟一直很重视观众的反馈，她曾透露，演出结束后，她会倾听观众的意见，有时还会主动打电话给一些水平比较高的戏迷，征询他们的真实看法。

同样是把观众当作"衣食父母"，目的不同，也将得到截然不同的结果。某些顶流明星为一己私利，沉醉于粉丝斥巨资给予的所谓"爱的供养"，忘乎所以后被不良资本裹挟而遭"反噬"，最终从"顶流"成为"浊流"，昙花一现。而前辈艺术家为了作品、为了艺术的发展，尽力为观众创作、演出，虚心向粉丝征求建议，用心用情为人民抒写，因此他们的艺术之树长青，留存在共和国的文艺画卷上。

止刹歪风　回归本分　为艺为人　德艺双馨

探索新的引导力量

竭尽全力创作、淡泊名利、无私奉献……这些在年轻一代看来吃力不讨好的事情，却是老一辈文艺工作者最为寻常的人生态度。呕心沥血创作不为稿费，图的是什么？吕其明这样回答："我是新四军小战士出身，是共产党把我养大的，就好比爹娘要用我的东西，我会管他们要钱吗？"

老一辈艺术家经历了战火纷飞的艰难岁月，在与国家命运紧紧相连的人生经历中，深切感受到从事文艺是"为理想"而不是"为谋生"。他们来自人民，要用优秀作品来回报人民。当然，前辈艺术家的经历无法复制，新的社会环境也有新的生活方式，但他们的职业精神值得不断传承。

"立业先立德，为艺先为人""清清白白做人，踏踏实实演戏"……老一辈艺术家将他们的艺术感悟、职业精神，不断传给自己的弟子们。上海市文联主席奚美娟回忆，上戏毕业后，她被分配到上海人民艺术剧院，传统的通过老中青三代艺术家"传帮带"的年轻演员培养体系让她受益匪浅。"当时，如果一个演员只有技艺，不追求综合素养提升，或者道德层面有问题的话，是演不了一号主角的。这种体系有点像公序良俗氛围下形成的自然规律。"

随着时代变迁，体制、机制变了，很多从学校毕业的年轻

| 装睡的人，该醒醒了

人思想还没有完全成熟便进入了经纪公司，在盘根错节的资本裹挟下，盲目地以为收视率或粉丝量等同于专业地位。不少流量明星有的只是流量、"五官"，远没有达到一个文艺从业者的基本水准，也缺乏可以正面引领粉丝的正确"三观"。娱乐圈种种乱象背后的文化失觉，其实也是价值观的缺失。如何让流量明星回归本源，真正理解一个称职演员的标准以及文艺工作者的责任？对此，不少受益于"传帮带"模式的中生代艺术家建议，相关管理部门、艺术研究院可以好好研究这个时代年轻演员队伍培养和管理的新课题。近年来，全国文联系统也把团结引领"文艺两新"摆上重要日程，进行了积极探索。

近期，在各层面的协同发力之下，文娱界的种种乱象得到有效整治。文艺界人士纷纷认为，职业道德和行风建设是一个长期的系统工程，乱象产生背后的深层原因，法律、教育层面的建设，行业管理的强化等各方面都需要深入探讨。对于文艺工作者而言，种种不良风气让人警醒，而德艺双馨的老艺术家的为人为艺，更让大家再次明确自己的职责与担当，以"德艺双馨"为职业要求，以人民为创作导向，用新的传播方式推出吸引当代受众的新的文艺样式、文艺作品，传递积极正向的价值观，以助推"清朗"网络空间的营造、良好文艺生态的涵育。

如何激浊扬清，艺术家如是说

丁申阳　孙甘露　黄豆豆　简　平

文娱界如何激浊扬清？近日，上海艺术界代表从自身的经历与思考出发畅所欲言，他们表示艺术工作者要严于道德自律和职业自律，坚决抵制泛娱乐化，为文娱领域的风清气正做出努力。

丑书的走红往往伴随着"红包评论"

当前有关部门狠抓文艺界风清气正采取的各项举措很有必要。前一阶段中国书协也召开了相关会议，提出"心中有正气，眼前有方向，脚下有底线，手里有专攻"。这个提法很重要，先做好人，再写好字，风清气正。

当下的书法界存在一些问题，比如有个别人为了"入展"请人"代笔"，为了杜绝这种歪风邪气，最近几年书协在重要展赛中增加了获奖者"现场书写"的环节。这个措施非常有效，现在"代笔"现象少了很多。还有抄袭现象，比如将以往的获奖作品或者已经出版的作品，原封不动地抄写一遍，拿去投稿、参加展赛，这种现象也应该予以抵制。书法界的不良风气主要还是"乱写"，所谓的江湖体、丑书，它们的走红往往伴随着"红包评论"，所以书法评论也非常重要。眼下书法界互相批评少，互相吹捧多。我认为应该大力提倡互相批评，当然批评要保持善意，就书法艺术论书法艺术。针对书法界的一些乱象，我们必须要从三个方面端正观念：一要守卫传统经典，二要弘扬创新理念，三要抵制不良风气。

——上海市文联副主席、上海市书法家协会主席　丁申阳

对时代艺术风尚要看背后推动它的是什么

针对文艺界及娱乐界的一些乱象，各级主管部门出台了一些政策、制度，提出了一些新的倡议，我觉得是非常及时、非常好的。同时我也在想，从中国漫长的历史文化、从我们对社会生活的观察以及这些年文艺作品和背后生产机制所带来的问题来看，文艺界是不是应该对乱象产生背后的深层原因进行更深入的探讨？

社会生活是非常复杂的，在各个艺术领域、艺术门类从事工作的相关从业者，所处的环境也是多种多样的。英国艺术史家贡布里希说过一句话：你看旗帜在飘，实际上是有风在吹，

但是你看不见风。关于一个时代的艺术风尚，我们在看到外在的现象后，也应再看看背后推动它的是什么。比如热搜和饭圈，实际上对社会风尚、社会文化思潮都产生了影响，应该去探究它排名背后的运作机制。我觉得，对当下文化艺术的生产机制、资金资本的介入、文化艺术生态等方方面面都需要进行比较严肃的讨论和思考，进行一个长效的评估和判断。

——上海市文联副主席、浦东新区文联主席　孙甘露

坚守专业精神，不求转瞬即逝的流量

作为一名文艺工作者，从我们走进练功房的第一天起，老师们就教育我们——艺德修养决定一个人的艺术境界。我一直觉得，真正的舞者一定是耐得住寂寞的人，带着"板凳坐得十年冷"的心态常年坚持训练，永远挑战自我。

尤其是像我所从事的中国传统舞蹈，要通过很长时间的系统学习才能掌握，需要我们在苦练扎实基本功的同时，具备一定的文化修养和对中华历史的了解。我们以前更多的是想怎么样把舞蹈技术练好，实际上综合艺术修养达到一定程度，才能从文化的角度去传承中国的传统舞蹈，这就更要求我们心无旁骛地投入自己的艺术工作，一边刻苦学艺，一边跟随前辈大师们修德。

记得当我还是一名学生时，一次，学校通知我们周六上午

| 装睡的人，该醒醒了

去参加贾作光老师的剧目排练。听到那个消息后，我很意外。因为那时，贾老师已年过七旬，他还能登台表演吗？舞蹈开排的那天早上，作为德高望重的大师前辈，贾老师比原定时间提前了近40分钟到达排练厅并开始热身训练。当我们这些徒子徒孙一边啃着馒头一边掐着点儿赶到排练厅时，贾老师已练得浑身大汗淋漓。那一天的舞蹈排练，自己内心是带着对前辈艺术家深深的敬意和对自己重重的自责完成的——年过七旬的前辈舞蹈家们，为了完成好一场演出，可以做到几十年如一日地坚持训练。在这一点上，我们这些晚辈差太远了。那一个早上的排练，使我明白：作为一名舞蹈工作者，不论年龄大小、辈分高低，只要未来还有一场演出在等待着我们去完成，我们就要持之以恒地坚持训练。

由此我想到，作为一名文艺工作者，我们应该坚守持之以恒的专业精神，切不可追求转瞬即逝的流量。我们要将更多时间、更多精力、更多汗水献给舞台和练功房，同时更要从各方面严格要求自己，不断努力，为观众呈现出更多优秀的文艺作品。

——上海市新文艺工作者联合会主席　黄豆豆

评论要拿出应有的勇气、勇敢和勇猛

对文娱领域的饭圈乱象，其实，文艺评论界对此早有批评，并且以其特殊的专业性介入文艺创作。但是，没有呈现出理应有的权威性，力度不足，影响力不大，形不成气候。这当然有整个社会氛围的原因，但从文艺评论本身来说，是不是也有自身打铁不够硬的问题？怕得罪人，怕引火烧身，怕惹出各种麻烦，以至于说话不响亮、不尖锐、不锋利。

通过此次学习，文艺评论家们强烈地感受到，今后应该更自觉地回应人民群众的关切，要有责任感和使命感，拿出应有的勇气、勇敢和勇猛，敢于批评，敢于亮剑，敢于干预，敢于主动出击，敢于创新地运用专业方式和手段，展示文艺评论应有的强势的责任意识、引领意识，这样才能获得社会和文艺界的尊重，获得自身的尊严，以使文艺评论家说话有分量、有权威性、有影响力，为营造清朗的文娱领域做出应有的独特贡献。

——作家、文艺评论家　简平

刹住"唯流量"歪风　还"清朗"网络空间

曾于里

为期两个月的"清朗·'饭圈'乱象整治"专项行动，取得一系列成果。作为饭圈的主要舆论阵地，新浪微博相继下线"明星势力榜"和超话积分制，封禁大批涉及互撕谩骂、恶意营销的账号。例如，赵丽颖粉丝在其新剧未有官方明确消息的情况下拉踩引战、宣扬抵制，工作室官方微博等被禁言。此外，多款用户数量较高的追星应用被下架，部分未下架应用开始采取禁止未成年人消费等措施……专项行动有时效，但"清朗"饭圈的努力不会止步。

无论是长期以来饭圈引发的种种乱象，诸如网络暴力、对立互撕、数据造假，还是不久前吴亦凡、张哲瀚等流量明星引发全网愤慨的失德行为，皆与"唯流量"之风有重要干系。消除娱乐圈的诸多乱象，让娱乐工业回归"清朗"，就必须从根本上刹住"唯流量"歪风。

之所以"唯流量"，是因为这些年来，流量渐成娱乐工业的通用货币。其一，流量可以打造顶流明星。国内的流量时代开启于2014年，以吴亦凡为代表的偶像从韩国来到中国发展。彼时的吴亦凡既无作品也无过人才艺，却凭借粉丝给他制造的流量，成功赢得注意力。一个一举一动都能登上热搜的顶流明星，就这样被制造出来了。其二，顶流明星的巨大流量，可以充分带动他们出演的影视剧的播放量和关注度。在流量明星的加持下，剧集的网络播放量动辄几十亿，热搜不间断，招商过程顺风顺水。于是，流量明星喜遭哄抢，天价片酬纳入囊中。然而，这对影视生产机制产生了巨大的负面影响。天价片酬占据制作成本的大头，挤压了其他环节的投入，无论导演、编剧还是其他实力派演员，都"沦为"给流量明星打工。"流量明星+IP"一度成为烂剧代名词，影视生态不断恶化。

人人对流量趋之若鹜，人人唯流量是从，自然就有人通过流量造假。虚假的粉丝数量、虚假的热搜、虚假的播放量、虚假的收视率、虚假的讨论热度，一度是业内公开的秘密。比如有剧集播放量超过400亿次，平均每个中国人要点击近30次，完全打破了常识。"唯流量"是饭圈诸多乱象的源头。粉丝所争抢的各种数据、排名、番位都是流量的变体，粉丝信奉的是有了流量就有了一切。为了维护偶像的流量，粉丝无所不用其极。比如为了让排名好看，可以花钱打投，甚至"倒奶打投"；为了消灭不同意见，就人身攻击、网络暴力……饭圈失控互撕的风气愈演愈烈，充满戾气。

"唯流量"让娱乐产业正常的评价体系崩塌，优胜劣汰的机制失去效力。一些无演技、无质感的烂剧，凭借虚假流量制造出虚假繁荣；一些真正有质感的作品、有实力的低调演员却因此湮没无闻。

"唯流量"催生大量业务能力不过关的艺人。哪怕有些流量明星演技生涩、抠图演出、使用"数字台词"，还是会得到成千上万粉丝的拥护和夸赞，还是会得到平台和制作方的力捧，流量明星很难建立起对本职工作的信念感。

"唯流量"甚至会滋生失德艺人。不少流量明星的业务根基与艺德根基没打好，就占据行业的顶端位置，他们错误地将自己所拥有的话语权当作一种发号施令的"权力"，以为有流量傍身就可以有恃无恐、为所欲为。

这次"清朗·'饭圈'乱象整治"动真格，失德艺人被全网封杀，赢得群众的广泛支持和好评，也足以看出天下苦"流量"久矣。我们要巩固现有成果，多方面形成合力，进一步刹住"唯流量"这股歪风。

无论是视频网站平台还是制作方，都要切实履行社会责任，始终将社会效益放在首位，追求社会效益与经济效益的双赢。此前"唯流量"的浪潮中，一些平台和制作方起了推波助澜的作用，他们是合谋者也是受益方。"唯流量"看似能赚快钱，但它潜藏着更大的风险，赵薇、吴亦凡、郑爽等演员作品的全网下架就是深刻的教训。平台和制作方是时候从"唯流量"的迷思中走出来了，业务能力与艺德应该成为选人的首要标准。流量不是通用货币，刹住"唯流量"歪风，是对演艺圈乱象的釜底抽薪。

以微博为代表的社交网络平台，也应从"追星大本营"回归理性的公共空间。粉丝的狂热固然能够给平台带来流量，但毋庸讳言，这种有毒的流量已将一些公共空间搅得乌烟瘴气，继而影响了社会风气。社交网络平台要有壮士断腕、自我革命的勇气，净化平台空间。"唯流量"的撕扯空间被挤压，乱象就掀不起风浪。

粉丝也需要一次彻底的"觉醒"。粉丝务必知道，追星追求的是美好，如果偶像既无才也无德，何以称得上美好？如果因为追星而变得狭隘、盲目、暴戾，已与美好背道而驰。并且，粉丝行为偶像买单，想要守护偶像美好的形象，就要先守护自己的形象，谨言慎行。推崇艺德，流量靠边，粉丝才可能经由追星抵达美好。

文艺评论工作者要坚守评论阵地，"不唯流量是从，不能用简单的商业标准取代艺术标准"，而要"把政治性、艺术性、社会反应、市场认可统一起来，把社会效益、社会价值放在首位"。激浊扬清，把好作品带给观众；"剜烂苹果"，让因"唯流量"而丢弃社会责任和艺术价值的作品难以容身。

而行业的自律更应该不断深化、不断提高。诚如央视新闻评论指出的，"演艺行业更有必要进行'从艺之道'的大讨论",从根本上回答"什么人能当艺人""艺人应该有哪些艺德",提高行业门槛,提升艺人素质。要继续发挥行业抵制的强大震慑作用,让从业人员始终不忘以德为先、德才兼备,而不是流量为先、自恃流量、为所欲为,艺人失德的丑剧才能不再上演。

某些"悬浮剧",观众看出了"剧怒症"

杜 浩

网友发明了一个新词"剧怒症",即在观看某些国产电视剧时,发现剧情严重不符合现实、漏洞太多,导致观众看不下去而出现的愤怒情绪。

相关报道中列举了诸多荧屏上引发网友"剧怒"的国产电视剧桥段。其中网友吐槽最多的,是一些电视剧对于普通人并不普通的生活描述。例如,"不管人物是什么家庭背景和职业,一律住着干净明亮的大房子,衣着光鲜,妆容漂亮,还要加上厚得看不见毛孔的滤镜"。

有网友列举说,之前播放的《乌鸦小姐与蜥蜴先生》中,女主角没有固定的工作,在面包店做兼职、做代驾赚钱养活姑姑和奶奶,还要兼顾学业,奶奶和姑姑身体还不好,隔三岔五地就要跑医院,但是女主角一家却租着精装大三居,吃饭都是四菜一汤,处处透着精致,丝毫没有"打工人"的真实状态;某部穿越剧中,女主角是一个北漂,没钱没势刚进入社会的实习生，却能住在超大面积精装修房里，还能享受开放式江景泡澡浴缸；某部青春偶像剧中，男主角家境贫穷，却还带着弟弟妹妹住着带有半开放式阳台的两室一厅，穿着名牌衣服，发型考究；某部都市剧中，女主角是刚入职场的房产中介，却背着上万元的包，穿着几千元的衣服，所谓的经济拮据的表现，是吃几十元一份的自热火锅……

观众对电视剧的人物、内容、情节的不满情绪指向了当下国产剧中存在的通病——悬浮，乃至流行于荧屏上的"悬浮剧"。所谓"悬浮"或"悬浮剧"，是指某些现实生活题材剧中的事件、情感，没有生活根基，脱离中国实际，尤其是混乱的情感逻辑与叙事方式备受观众诟病。

为什么某些国产剧中"悬浮"或"悬浮剧"频频出现？很大程度上在于创作思维发生了变化，创作者错误地认为现在一些观众看剧根本不动脑子，他们不看演技不看逻辑，看的是颜值，故事好玩就行，所以创作只需做表面文章即可，这导致一些创作走向低幼化，拍出的电视剧缺乏内涵、毫无深度。

电视剧创作当然是有其内在艺术规律乃至审美规则的，但在商业利益面前，它们往往可能被市场逻辑取代和侵占。这使得一些创作者从艺术创作应该遵循的由心而发，变成了为钱发声。随着文化的力量、文化的需求和文化的属性被消解，电视剧集就会只剩下生活现实的"悬浮"、思想内容的浅俗……一些电视剧的创作中，无论是剧本的创作，还是演员的选择、拍摄的过程，往往草率行事，并未遵循一定的艺术流程与标准。尤其是创作者对拍摄题材所涉及的生活领域，不仅缺乏体验，还缺乏认知，结果导致粗制滥造、浮夸游离、脱离生活、套路化模式化、胡编乱造之作频频出现。

如今电视剧生产类型化的特点越发突出，这样的工业文化产品可以畅通无阻地到达接受对象那里，一旦一种文化产品带来巨大利润，一些电视剧创制方会迅速如法炮制，人为制造和挑动人们对某种观剧时尚的渴望，以求赚个盆满钵满，艺术考量则被甩得远远的。当下的众多悬浮剧，大多是以这种方式生产出炉的。悬浮或悬浮剧，难免会让电视荧屏走形失态，也已引发了新型的"剧怒症"。正如评论所说，电视剧不应该屏蔽真实的世界，悬浮的编剧和导演们该想办法缓解观众的"剧怒症"了。电视剧创作只有坚持走技术与艺术统一、娱乐和思想兼容、市场效益和文化效益双赢的"精品"道路，方是正道。

明星与演员之间有道分水岭

赵 畅

不久前,全新阵容、全新演绎的《日出》在新落成的北京国际戏剧中心主剧场曹禺剧场开启首场演出。北京人民艺术剧院副院长冯远征在接受采访时指出,做演员,首先要学会正视自己的身份和荣誉。好演员首先是德行好,清清白白做人,认认真真演戏,并不断提升、充实自己。应该看到,明星与演员有根本区别。明星或许可以带来一时的流量,但流量无法为一部作品带来长久的生命力,而演员的任务就是塑造好角色。

近几年来,一些影视明星如流星一般陨落,屡屡令我惊诧不已。而冯远征的这段话,则让我恍然大悟——"明星与演员有根本区别"。

明星,通常是指在某区域或行业范围内有一定影响力和知名度的人,影视明星当然也不例外。不能不说,那些跌落的影视明星中个别人原本其影响力和知名度并不低。拍一部电影抑或是电视剧，动辄有几百万、几千万甚至上亿元的收入，这些影视演员还能不算明星？影视明星当然首先是影视演员，不是影视演员又怎么可能成为影视明星？但"明星"的桂冠一俟戴上一些演员的头顶，有的人从此便淡忘了自己演员的身份，并离演员的初心愈来愈远。也正是从这个意义上说，冯远征强调"明星与演员有根本区别"，可谓有的放矢。

那么，明星与演员的根本区别又在哪里呢？依笔者之见，至少在对待艺术创作的目的、态度、方法、结果的选择与取舍上有着根本区别。

有的人争当明星，其目的就是奔着不断做大、做靓名头，享受被捧着抬着哄着带来的那份无可替代的"尊贵"，进而日进斗金、赚得盆满钵满的"愉悦"去的。与其说，他们相信"金钱不是万能的"，倒不如说，他们更相信"没有金钱则是万万不能的"。而有的人，一门心思想当个真正意义上的演员，尤其追求当一个好演员。因为只有扮演好了演员的角色，获得了观众的认可，才是对自己演技的高度肯定。自然，这也是对自己艺术人生的最大慰藉。

有的人一旦有了点小名气，就开始以明星自居。更有甚者，仅仅是因为演了伟人的角色，便利用观众的朴素感情——演员与伟人已然成为一种"文化符号"式的特殊情结，因此沾沾自喜、以为高人一等起来，耍大牌、逞威风，出行有保镖前呼后拥，坐飞机非头等舱不可。而不求当明星的演员，其态度往往截然不同。哪怕自己已有了一点成绩与名气，他们依然言行谨慎，唯恐自己的不当言论、不慎举动影响了自己的演员形象。在他们眼中，观众是自己的衣食父母，离开了观众的支持和认可，自己的艺术生命便如同无源之水。

有的人为了以最快的速度给自己"造星"，以最好的效果给自己"造神"，总是削尖头皮、动足脑筋，千方百计抄近路、走捷径，其最为典型的做法就是"筑饭圈""造流量""接广告""炒绯闻""赶通告"及"刷热度"，因为屡试不爽，于是加大了弄虚作假的手笔——只要有利于拢人气、攒名气、赚快钱，他们便一条道走到黑。而只求当一名演员者，其对待自我的方式，则是将自己的精力和聪明才智都投入体验生活、积累生活，投入拜师学艺、钻研琢磨，投入精益求精、追求极致，投入自省其身、德艺双馨。

毫无疑问，因为明星与演员彼此目的不同、态度不一、方法也不一样，最终便有了分道扬镳、大相径庭的结果和结局。

是否可以这样说——是争做明星还是争当好演员，各自所表现出来的对待岗位职业的目的、态度、方法和结果就是"分水岭"和"试金石"。"明星或许可以带来一时的流量，但流量无法为一部作品带来长久的生命力，而演员的任务就是塑造好角色。"冯远征的话颇耐人寻味——不做明星只做好演员，对艺术抱有敬畏之心，把心思和精力放在创作上，弘扬工匠精神，保持对艺术的执着追求，努力创作出传得开、立得住、留得下的优秀作品，决不让"劣币驱逐良币"现象有任何生存的空间，理应成为一种文化向往和艺术自觉。

国产剧过度依赖滤镜之风不可取

张萌萌

年近尾声,压轴好戏轮番上新。这边来了古装大制作,那边上线网剧小甜饼,间或来几部烧脑悬疑剧。题材看起来是丰富了,"槽点"却一个也不少。如今的国产剧,一个个偏爱"十级美颜",柔光滤镜一股脑儿地上,屏幕上只余演员惨白惨白的脸,还没来得及揣摩剧情,就被失了真的画面劝退。国产剧苦滤镜久矣。

盘点最近的几部剧作,几乎都逃不开被滥用的滤镜。电视剧《当家主母》延续了《延禧攻略》的滤镜风格,也就是所谓的莫兰迪色调。这种当年被称赞为"高级感"的滤镜,放到剧中多少有点水土不服,由于饱和度过低,画面始终显得灰蒙蒙的,阴暗的风格被不少观众吐槽。

网剧《一见倾心》就更让人无奈了,由于过度磨皮,甚至把男演员脸上的卧蚕"磨没了",以至于观众吐槽正片的质感竟然不如"路透"。网剧《真相》加了个乌漆麻黑的滤镜,全靠看不清来增加悬疑剧的悬疑感，观众追剧时不得不手动调亮度，被逼成了"灯光师"。滤镜之害，就连刚刚定档的《雪中悍刀行》也未能幸免。在早前释出的片花中，画面镜头齐刷刷发绿，把女主角映衬得脸上发青，真不知美在何处。

滤镜的出现，是影视制作后期技术发展的成果。但滤镜之风兴起后，国产剧里美颜、磨皮、精修一条龙，实在是对审美的极大损害。在这些开了"十级美颜"的国产剧中，演员们皮肤惨白，看不清五官，往好了说是"自带柔光"，往坏了说便是"糊成一片"。毛孔、表情、皱纹通通不见，实际上反而丧失了细节，个个如同假人一般。在之前的国产剧中，就闹出过剧中的老太太脸上的皱纹因磨皮消失得一干二净的笑话，很难让观众产生真实的代入感。

用好了滤镜，是可锦上添花，如今很多国产剧就喜欢加上一个复古滤镜，并借机宣传"电影质感"。许多影视节都有一项"最佳美术"的评选，精心设计的画面色调，本就是影视剧美术设计的一部分，如果恰到好处地匹配剧情，显然能为剧集增色。但电视剧制作者切莫过于依赖滤镜，从而导致过度包装。好的演员，一个眼神或一个微表情里理应都是戏，脸部细节亦是人物塑造的一部分。如果都用上美颜滤镜，去掉了所有的脸上瑕疵，镜头一拉近，所有人除了惨白的脸色再无其他，如此千人一面，剧情再好，画面都有种失真感。

国产剧的过度依赖滤镜，某种层面也反映出影视审美的单一化。影视剧过度追求以白为美、以年轻为美，好似有一个恒定的关于美的标准，不符合标准的只能用滤镜补足。但实际上，审美理应多元化，理应以真实为美。有网友想念十几年前的古装剧，虽然那时候制作经费有限，拍摄条件比不上今日，也远远够不上动辄上亿元的"S级""大制作"，但那时候的古装造型各有千秋，人物各有各的美，每张脸都很鲜活。今日，电视剧的清晰度一提再提，甚至诞生了8K制作的电视剧，让人发自内心觉得美的角色却越来越少。

有观点认为，滤镜是国产剧的遮羞布。坊间流传着一句话，前期粗制滥造，后期滤镜来救。加滤镜，或许是最简单也是最敷衍的一种行为了。厚厚一层"十级美颜"，模糊演员脸部细节的同时，也"拯救"了粗糙的服化道和过不了关的演技。毕竟，观众看都看不清，又何从分辨演技呢？

最近，《一见倾心》就因为观众"吐槽"而连夜做后期、改滤镜。剧集好坏，观众心中自有一杆秤。而一部好的剧集，观众看重的肯定不是滤镜用得有多好。好的剧作，应是服化道、演员、后期互相成就，缺一不可。早前的《琅琊榜》《甄嬛传》珠玉在前，没有厚滤镜，照样能成就精品。国产剧制作者们，是时候放下对滤镜的过度依赖了，不妨对演员多一点信心。演员呢，也不妨对自己多一点要求。

坚守"为艺之道",让"艺术"重回舞台中心

韩浩月

在一个被流量与智能算法影响的时代,艺术感染力正在以一种人们所看不见的速度隐退。2019年的一项调查显示,有76.5%的受访者感觉自己的语言越来越贫乏,"不会说诗句"和"不会用复杂的修辞手法"是这种贫乏感的主要表现。这不是一种偶然。与此同时,许多人正在失去深度阅读的能力,失去高雅审美的耐心,也失去享受美与讨论美的时间与空间……

那么对于艺术创作群体来说,这几年又发生了什么样的变化?由于缺乏一些深入的调查,再加上这一群体不再那么积极地表达内心,还有商业与娱乐对于艺术的排挤,使得艺术家的面孔与声音变得有些模糊。相反,那些丢掉艺术追求、一心拥抱商业的创作者,反而显得特别活跃。公众对于艺术创作群体的印象与认知,也往往更多地从这些人身上得来。迎合者得到一切,沉默者失去一切,在时间的淘洗下,产生了某种让人不

适的"正当性"。在这一环境下,讨论"为艺之道",也有点难以展开的趋势。

在讨论"为艺之道"之前,需要明白"何为艺术"。大众通常会认为,艺术是美的,艺术是可以陶冶人的。这固然成立,但艺术之所以成为艺术,更在于其构成之复杂与多样。如果受众只需要单一形式的艺术,创作者也只负责提供让受众欢欣与满足的作品,那么双方之间的互动性必然慢慢失去。长此以往,创作者变得越来越热衷于"自说自话",受众转而会从一些能带来更直接安慰与愉悦的产品上获得满足。然而,只让受众产生满足感的不是艺术,艺术有些时候必须也要让受众产生忧虑、思考、领悟,如此才有生命力。

艺术家负责创作与诠释,受众负责消费与评判,在这个互动过程中,创作者更多的时候是"甲方",一定程度上要肩负起对"乙方"的引领责任。但两者之间的关系,不是恒定不变的,只有在孰高孰低的较量中,才能获得理想的结果——最终实现高级作品与高级欣赏水平的相得益彰。在较量的过程中,谁都不能成为"蛮横"的一方。但观察当下的创作与消费,不难发现,"乙方"对"甲方"的不满,已经到达以前从未有过的激烈程度,这种借由批评所带来的否定,不但指向作品,也指向创作者的品行。

在历史与艺术的星空里,创作者不但留下了星辰般的经典作品,也让人们记住了他们的形象与姿态。"文学即人学""为文必先为人"，如果文学家乃至艺术家群体丢失对这一标准或要求的遵循，就意味着其作品脱离了人群，也失去了存在的价值。

关注最近娱乐圈发生的一些事情，会深感明星、艺人、演员这一群体发生了诸多令人惋惜的变化：一些真正的表演艺术家，或被动或主动地边缘化；许多影视作品与综艺节目里，充斥着"流量明星"的身影；社交媒体这一当下重要的舆论场，也时不时被"劣迹艺人"的新闻事件所"霸屏"……不再用艺术的尺度来树立影视娱乐圈的从业准入门槛，是造就这种乱象的根本原因之一。而这些"影响力很大，承担的责任却极小"的群体，无形中不但改变了行业生态，也对更大范围内的艺术形态与社会价值观产生了巨大冲击。在这个时候，重提"为艺之道"，并强调人品与作品并重，不仅是对影视娱乐行业的乱象敲响警钟，也是对其他艺术领域不同程度被扭曲的艺术价值观的一次纠正。

对于艺术家来说，遵循"为艺之道"，首先应该亮出自己最强有力的"武器"，这个"武器"的名字叫作品。"用作品说话"，是古往今来文学艺术创作群体证明自身实力的唯一办法。想成为一名受尊重的艺术家，一是必须要有作品，二是必须要拿出高质量的作品，三是必须力争留下可以传世的经典作品。但这一曾经被视为真理的要求，如今也受到了巨大冲击。"有名气，没作品"或者"名气远远大于作品"这类怪现状，在新的文学形态中、在影视娱乐圈、在书法绘画界等,都普遍存在。

注重作品质量,就意味着创作者守住了最基本的原则。现在大众的文化娱乐生活,被一些劣质内容占据了大量时间,这或许与新兴平台和媒介的强力推广有关,与互联网算法对人性需求的精心算计有关,但一定程度上,也与艺术创作者失去潜心创作的笃定心态,变得随波逐流、日渐浅薄有关。

过去谈论"为艺之道",首先强调的是人品,理由在于:目光短浅、性格市侩、内心不善的人,难以成为优秀乃至伟大的艺术家。艺术家的人品,除了要具备善良、正直、谦虚、宽容等基本品德外,还需要有对身份与职业的尊重、在创作态度上的严肃、面对受众时的认真、对待财富的淡定等。人的高尚品格与精神境界会在作品中流露出来,一旦缺乏这些支撑,作品自然萎靡、无力。

在当下这个更为多元与包容的时代,如果有足够好的作品面世,一定程度上或能弥补艺术创作者其他方面的一些不足。"为艺之道"中人品为先还是作品为先,似乎渐渐变得不再那么重要或敏感。恰恰是在这样的多元与包容之下,人品与作品皆走下坡路的状况成为当下娱乐圈的乱象之一,重提"为文必先为人"又具备了一种必要性。

或许,"人品与作品并重",可以成为对当下文艺工作者一个直接而简单的要求：在生活中当一名注重形象、有责任感的人，在作品里尽量成为一名有深度、有高度的创作者。而让这样的艺术工作者重返社会"舞台"中心，成为被欣赏与学习的对象，也是值得多方去努力的一件事情。文化艺术界"用良币驱逐劣币"，不能再迟疑了。

"媛媛"不断，昙花一现，却污了原本美好的一个词

陈鲁民

最近，有一个网络新词"媛"，不断在人们面前招摇摆晃，炫人眼目。与此相关的有拼媛、佛媛、病媛、菜媛、雪媛、离媛、茶媛、医媛、饭媛、媛助、鉴媛等，纷纷登场，好不热闹。真可谓"媛媛"不断，"媛媛"不绝。

媛，本是一个很美好的词。《尔雅》说美女为媛，《说文》说媛是女子姿态美好。如才女加美女叫才媛，有名时髦且漂亮叫名媛。

可是，如今这样一个美好的词也被庸俗、糟蹋、污名化了，实在令人扼腕。始作俑者是"佛媛"，就是那些常在经书和佛像边上摆拍的时髦女子。她们把寺庙和素餐馆变成了网红打卡地，假装礼佛抄《心经》，实则忙着接广告，售卖服装和礼佛物品，利用私域流量卖货"结缘"。名曰"佛媛"，实为"售货媛"；张嘴就是阿弥陀佛，满脑子却是生意经。

"媛媛"不断，昙花一现，却污了原本美好的一个词

眼见得此"媛"生意红火，赚钱多多，又跟风冒出一大批各种各样的"媛"，出现一场"鉴媛大爆炸"。穿吊带滑雪的网红是"雪媛"，在茶室饮茶拍照的是"茶媛"，声称身患重病却在病房化妆摆拍的是"病媛"，在菜市场搔首弄姿拍抖音的是"菜媛"，在饭店秀美食、品洋酒、拍视频的是"饭媛"，拿着真真假假离婚证流着喜喜悲悲眼泪摆拍的叫"离媛"……看似花样百出，实则万变不离其宗；看似与世无争，实则物欲财欲左右行动；看似高雅有格调，实则铜臭弥散。

司马迁说："天下熙熙皆为利来，天下攘攘皆为利往。"各种各样的"媛"们，不论变出什么花样，以什么样的身姿出现，万"媛"归一，说到底也都是为了一个钱字、一个利字。用某吃瓜群众总结的话来说：人在演，我在看；人挣钱，我耗电；人数钱，我充电；人发财，我没变。

平心而论，挣钱是好事，但若名正言顺，谁都和钱没仇。但别忘了"君子爱财，取之有道"，挣钱也要堂堂正正、光明正大，要师出有名，挣干净的钱、来路正的钱、问心无愧的钱、表里如一的钱。那形形色色的"媛"们靠装神弄鬼的小伎俩，故弄玄虚的小把戏，利用人们的猎奇求异心理，乔装打扮，弄虚作假，以博眼球，获取流量，最终达到卖货变现的目的，实在是有些不堪入目和令人不齿。更莫说在洁净之地、清高之处、悲悯之所这些关乎人生、生死的场合招摇撞骗，欺世牟利，引

一句佛语来说:罪过罪过!

好在,天不藏私,地不纳垢,各色"媛"们都已陆续露出麒麟皮下马脚,热闹一时的"媛媛"注定昙花一现,肯定不会"媛媛"流长。

"饭圈"里太多装睡的人,该醒醒了

兔 美

近日,中央网信办发布《关于进一步加强"饭圈"乱象治理的通知》,要求取消所有涉明星艺人个人或组合的排行榜单,严禁新增或变相上线个人榜单及相关产品或功能等。消息一出,不少明星微博自觉转发,表示积极响应号召、传递正能量,但看微博下的粉丝留言,一水儿排列整齐的"支持""和你一起传达正能量",仍让人觉得有些不对劲。对比一些媒体微博下对该通知的留言可以发觉,流量明星的微博里,难见真情实感的观点和交锋,那些如出一辙的整齐留言,像是粉丝和明星约定好的表态声明。流量看似翻篇,但饭圈文化的"控评"思维仍有惯性。

这让人想起前不久某位劣迹艺人因参拜靖国神社严重伤害民族感情,艺人发布道歉声明后,有粉丝表示,要和偶像一起反省悔改。看似发言虔诚,但有网友一针见血地戳破:"这个时候真正该做的,难道不是脱粉吗?"是啊,偶像失格、严重违背公序良俗，甚至触犯法律红线后，粉丝难道还要继续追随艺人的步伐，为他的失格找掩饰，为他的违法而买单吗？

理智追星，并不只是一句口头的引导和声明，流量翻篇后，需要对抗的还有饭圈文化的惯性思维。追星本应为了快乐，但在饭圈约定俗成的"文化"之下，追星成了一件没有自由的辛苦事。一旦表态成为某位明星的粉丝，立刻有人来问"代言买了吗""数据刷了吗"，不为某某花钱、刷数据，怎么能证明某某的流量价值？怎么争取更多的代言和资源？单纯欣赏明星作品而收获快乐，变成了"不劳而获"；不愿委身这一商业链条，好像做粉丝便不够格。

追星之旅，也成了共同的造星之旅。粉丝要为自家的偶像谋划出路，面对"商品属性"类似的竞争对手，难免互相撕扯、拉踩，甚至还搞"卧底"，把追星玩成了"无间道"。饭圈的硝烟战场下，各种为避免"引战"而弄出的缩写、简称越来越隐晦，流量明星的名字成为饭圈的一个个禁忌词。学会饭圈术语体系、践行饭圈行为规则，才能真正踏入粉丝的门槛，被认可"粉籍"。在积弊已久的饭圈文化生态下，"理智追星"越来越成了难事，因为真正"理智"的人，恐怕宁可安安静静做个普通路人。

与偶像共生共情的粉丝，习惯了抬高自身、排除异己的思维方式，为了维护心目中的偶像可以不管青红皂白、不顾公序良俗、不顾是非曲直，在网络空间横冲直撞，四处"卫道"。某高校教授批评一位明星演技太差，竟有学生粉丝跑到其朋友圈留言对峙。为将明星数字专辑销量刷到榜单第一，大量粉丝重复购买专辑，网友评论几句"非理性消费"，立刻有粉丝跳出来反驳。一入饭圈，重重教条加身，人生观、价值观、消费观都已随之扭转。饭圈内外，成为两个无法交流的世界。

注意力经济下，曝光率、数据被看作明星价值的一个标杆。各种"超话""榜单"成了影视作品数据的监视地，排在明星超话前几位的，圈外的观众往往不知其名，更不知其有什么作品。只要饭圈文化的惯性还在，"超话""榜单"取消后，粉丝总能找到其他方式拼数据、撕资源，否则，怎么证明偶像还有价值，怎么向其他粉丝证明自己还是一个合格的粉丝，怎么向偶像证明自己"一直都在"？

追星当然是为了快乐，但这种快乐应该是自己真实、纯粹的感受，而不是别人定义给你的"快乐"。既然流量的时代已成过往，不如及时止损，把时间、金钱投入更有意义的地方。饭圈里，太多装睡的人该醒醒了。

③

平和与包容的情书

《人间正道是沧桑》纪念碑式的阳刚之美

杨 扬

7月1日，话剧《人间正道是沧桑》在浦东东方艺术中心首演。这是一部根据同名电视连续剧改编的话剧作品，2009年首播的电视剧收视不俗、深受观众喜爱，而话剧要将50多集长篇叙事作品压缩到一台戏的表演时间内，这本身就是一种考验。话剧跟进热播电视剧，这应该是当代话剧拓展创作空间的一条很好的路径。以往电影、小说、戏剧都会根据热点新闻来进行改编，都曾取得很大成功。今天新媒体时代，话剧创作紧随热播影视剧扩张一下自己的空间，未尝不是一种办法。我认为话剧《人间正道是沧桑》的改编是成功的。4个小时高品质的演出，一气呵成，让很多看过电视剧的观众依然为此感动，实属不易。

一般观众可能注意力在演员的表演和剧情的构想上，而我的第一印象则在编导方面。大幕拉开，5分钟后，舞台的气场和力度立马显现出来，令我觉得似曾相识。一问，知道导演是胡宗琪。我立马想到，此剧与前几个月看过的其导演的《尘埃落定》，风格上有一致处，都有一种掷地有声的力度，并且，这种力度是充满诗意的，具有纪念碑式的阳刚之美。与《尘埃落定》相比，《人间正道是沧桑》的叙事成分更多了一些，这大概是受了电视剧的影响。还值得一提的是台词，开始时的台词并不特别引人注意，但逐渐地，那种张弛有力而又带有警句式的凝练台词，扣人心弦。在杨家客厅，林娥对着下令枪杀自己丈夫的杨立仁的斥责，以及执行枪杀任务的范希亮的台词，很好地刻画了人物的内心和性格，有一种诗意撞击的火花和亮色。这样的台词恰到好处，不夸张和做作，需要极大的艺术功力。中场休息，翻看节目单时，注意到编剧是十分资深的姚远，这又让我对接下来的后半场演出增添了信心。

大概是出于对编导的特别信任，觉得这样的搭配一定不会让人失望，观看4个小时的演出，我没有一丝一毫的倦意。这中间，演员和舞美的出色完成功不可没。张志坚扮演的董建昌，将一个旧军人在历史转折中的人生变化，包括性格的变化，演绎得细致入微，他的台词音量的控制处理，他的气质的体现，稳重而内敛，贯穿全剧。黄品沅扮演的范希亮，也是剧中非常出彩的人物。如果说，张志坚的表演像泰山那样稳实，保证了演出的水准和品质，那么，黄品沅的表演就像是山谷中的劲松，迎风起舞，多姿多彩。施京明扮演的瞿恩、石文中扮演的楚材、杨彦扮演的杨立仁、许源扮演的杨立青、曾黎扮演的杨立华、牛飘扮演的杨廷鹤，都可圈可点。正是这些优秀演员的舞台表现，让整场戏跌宕起伏，有声有色，对手戏飙得戏味十足，抒情段落的独白感人至深。尽管很多重要的历史节点已人所共知，但演员、舞美的出色演绎，仍让整台戏牢牢吸引着观众。

我一边观看，一边问自己，这出戏主要写什么？从剧情来看，是写两个家庭成员从1925年到1949年间，探讨各自的人生出路，其中涉及主义和情感。但我慢慢觉得这是一部写政治的戏，是描写两个家庭成员，面对政治各自做出的回应。编剧姚远用了很多情感场面，来展示人情遭遇政治之后的无奈和毁灭。如面对国共分裂，杨立青、杨立仁弟兄分道扬镳，走向不同的人生道路。杨立仁执行蒋介石的"清共"命令，下令将自己的友人、共产党员瞿恩杀害。旧军人董建昌、范希亮，为了寻求出路，脱离旧军队，成为国民革命军中的一员。他们作为职业军人，服从命令，希望报效国家。但蒋介石背叛革命，国共分裂，他们陷入内战的纷扰之中。后又经历了抗日战争和解放战争，他们一次又一次面临人生的选择。现实政治的无情，让他们明白一个道理，要做一个勇敢正直的职业军人，在当时的中国也是很艰难的。站在表演者的立场上，演员们希望将自己角色的合理性和正义性都予以充分释放。即便像杨立仁这样一个双手沾满革命者鲜血的特务头子，面对亲情和友情时，他的职业特色要求他不徇私情，他毫不留情地下令枪杀瞿恩，但面对瞿恩妻子林娥的斥责，他感到一阵难受的同时，又迅速打起精神，恢复他党国要员的责任担当，堂而皇之地为自己的行为辩护。所以，我们看到剧情是围绕国共关系展开，人物之间分分合合，呈现出情与理的冲突。

话剧《人间正道是沧桑》"将饱含的家国情怀传递到戏剧舞台，致敬那一段沧桑岁月"。整出戏既有历史中的政治风云，也刻画人情的无奈和悲伤。戏中有很多感人的场景，展示了师生之情、父子兄弟亲情、夫妻恩情、战友同学之情。但看完演出之后，我觉得这出戏写政治似乎还没有写完整，政治的冷酷无情与人性的温爱之间关系的复杂性表达得不够充分。例如，到了戏的结尾处，董建昌等毫不犹豫地站到了原来的政治对立面来，而这种选择的理由则是人情使然。这样的处理，似乎有点简单了。我觉得要分清政治与人性的关系，将原本属于政治的东西归还给政治。而人性的呼唤和伸张，同样要在与政治的冲突中彰显其合理性。这样的表现手法是很多戏剧作品中经常使用的，也是其最具戏剧意味的地方。

《觉醒年代》为历史和观众构建心理链接

赵路平　王　婷　周　晗

继《大江大河》《山海情》等主旋律影视剧热播之后,又一部"具有里程碑意义的精品力作"《觉醒年代》在央视综合频道播出后,一路领跑各大卫视黄金时段电视剧收视率榜单,实现收视、口碑双丰收。作为一部历史题材剧,《觉醒年代》不仅尽可能地忠于历史、还原历史,也通过诸多话题、桥段、细节、人物语言等方面的设计,努力与百年后的观众建立心理链接,引发观众在观剧时的共鸣感和代入性。

剧本创作:唯物史观下的当代创新表达

"只有树立正确的历史观、尊重历史、按照艺术规律呈现的艺术化的历史,才能经得起历史的检验,才能立之当世,传之后人。"在内容创作中,主旋律电视剧作品要打破以往"严肃老套、教条说理"的刻板印象，就应以唯物史观作为创作指导，在此基础上考虑当下青年群体的文化偏好、媒介接收与审美习惯，坚持历史价值、思想价值与艺术价值的统一。《觉醒年代》以《新青年》杂志为线索串联历史事件、人物与思想，形成了一部脉络清晰、剧情丰满、节奏紧凑的艺术佳作。

该剧对中国近代史进行再现式描摹，并与现实形成呼应，赋予作品丰富的"当代性"特色。首先，在主题上，《觉醒年代》不拘泥于讲述传统的建党历史，而是挑战难点，重点展现了百年前中国一代新知识分子和青年学生的觉醒之路，以文化精神为主的"软历史"描述削弱了"硬历史"的说教感；其次，在场景描绘上，历史的真实性再现与艺术的现代化表达有机结合，重建了一系列艺术化的场景，呈现出具有当代审美意味的镜头语言；最后，在情感线索上，穿插了亲情、友情、爱情等感情线，例如，通过讲述陈独秀与儿子的对立冲突、与友人的相惜相知、与爱人的相濡以沫，构建出一个有血有肉、为国为民的新文化革命者形象，为历史剧增添了许多人情味。

《觉醒年代》采用了一种全新的历史叙事方式，通过将历史人物、事件具体化、形象化、符号化和故事化，强化了人们的心理体验，丰富了人们的联想，贴合当代青年人在更高层次实现自我认同和社会认同的内在需求。

人物塑造：宏大历史中的人物群像刻画

《觉醒年代》抒写时代与刻画人物水乳交融，全景式描绘了"多元归一"式的历史人物群像。通过对中国积贫积弱时期的各种历史人物故事的深度挖掘，既彰显人物高光时刻，也不避讳人物家庭生活或性格的瑕疵，从而塑造出一幅真实、生动、饱满、鲜活的时代人物图谱。该剧跳出了以往历史作品对人物简单扁平的概念性、定性式、脸谱化解读，通过对真实历史细节的还原，全方位、立体化地表现了人物的多面性与复杂性，不仅为其注入了新的认知价值和情感价值，也将评价人物的权力交给了观众。剧中的每个人物身上既有深刻的时代烙印，也有鲜明的个性特征。该剧还非常注重人物的"现代感"，巧妙运用观众与剧中人物之间的文化链接增强了观众观看时的亲切感、认同感和归属感，产生一种"自己人效应"。

叙事策略：宏观叙事逻辑下的微观深描

《觉醒年代》将宏观历史的叙事融入对微观人物的描摹中，将个体的命运、个体之间的冲突与时代的风云变幻相结合。"全剧设置了'新文化运动—五四运动—中共建党'的历史叙事主线"，对于历史的叙事详略得当，通过大量饱含隐喻意味的事物来过渡时空，如宣统皇帝退位时黄色的龙旗被群众直接踩到脚下，比起直叙式的阐述，这种起承转合更能打动观众。全剧还通过制造人物之间的戏剧冲突，使得剧情跌宕起伏，激发观众的共情心理。《觉醒年代》设置了一条人物情感主线和两条副线，立体化的故事线使得人物之间的冲突明朗化、戏剧化。这种叙事策略既让观众身临其境，也完成了创新的历史叙述和深刻的历史表达。

视听语言：美学定位下的多重感官享受

《觉醒年代》在注重剧本创作、人物塑造的同时，综合运用艺术的视听语言，既提升了剧情的观赏价值，也升华了该剧的思辨价值。

一方面，大量的对称、中心式构图，兼具质感和诗意的空镜头，渲染氛围的背景音乐以及不断变换的镜头节奏，突破了历史正剧晦涩、沉重的标签桎梏，也更加符合当下观众的视听审美习惯；另一方面，在推动情节发展或表现人物时，《觉醒年代》对蒙太奇手法，尤其是隐喻蒙太奇的娴熟运用，让故事表达出了翻倍的信息量。以毛润之的出场为例，疾风骤雨的长沙街头，行色匆匆的路人、匍匐进食的乞丐、高头大马上的军官接连入镜，伴随着"卖孩子"的吆喝声，坐在车上吃汉堡的富家少爷和雨中等待买主的哭泣女孩形成强烈的对比，充满张力的镜头画面生动地还原了当时的历史社会环境和社会人物的精神状态，仅仅一分半的浓缩镜头即传达出让人反复琢磨回味的细节与立意。有网友评价："我真的太喜欢《觉醒年代》里润之出场这一段了。这一段我来回看了好几遍。他自风雨和苦难中而来，如光般耀眼！"

影视制作：严谨工整真实再现历史原貌

《觉醒年代》的另一特色是严谨考究的影片制作。

首先，是空间环境的真实性，"剧中小到制服上的金属纽扣、杂志社的纸张，大到那个年代的建筑、外交部的陈设，都力求真实再现，甚至，剧中出现的北大红楼，都是按照1∶1.2的比例复刻的原版"；其次，是时代气质的真实感，如剧中频频出现的鞠躬礼和拱手礼，寒暄时互称对方表字等细节，再现了真实的时代风貌，也让不少年轻人在弹幕中感慨"受教良多"；再次，在甄选角色演员时，"相较于演员外形，《觉醒年代》更看重演员精神上是否契合剧本所要表达的角色塑造，不拘泥于'形似'，做到了'神似'与'形似'的辩证统一"。纵观该剧，诸如上述严谨而工整的细节随处可见，累积的细节则形成了《觉醒年代》不同于其他同类作品的个性气质。

总体而言，《觉醒年代》不仅在制作上显示了较高的艺术水平，很好地平衡了作品在宏观与微观、历史与现实、写实与写意、群体与个体以及虚实、主次、详略上的关系，更契合了当下的社会心理，符合公众的审美期待，给观众带来认知与情感上的双重享受。

近年来，《大江大河》《山海情》等主旋律影视剧受到公众追捧，除了创作者自身的不懈努力外，主流价值观的发展、壮大为其回归铺平了道路，对党和国家、民族的热爱、认同与责任感、归属感则为其繁荣奠定了广泛的群众基础。青年群体是国家的希望和民族的未来，向青年群体传达历史事实，使其形成正确的历史观，是主旋律影视剧的社会责任和使命所在。

话剧《前哨》的姿态

厉震林

1931年2月7日，寒夜，"龙华二十四烈士"血洒刑场。内有五位"左联"青年作家柔石、胡也频、李伟森、冯铿、殷夫。当时，上海的报章都没有报道此事。两年以后，鲁迅先生怒而撰文《为了忘却的记念》，公开纪念"左联五烈士"。

2021年2月7日，也是一个寒夜，大型原创话剧《前哨》在上海戏剧学院实验剧院首演。

壮别九十载，今日迎君归。剧中，柔石所追求的"青年不再恐惧，不再沉默，能够尽情地读书，尽情地创作，尽情地去爱"的"一个新的世界"，早已成为现实；一群"90后"演员，去追寻九十年前一群同龄革命者的精神足迹及其思想灵魂。在时间的两端，烈士从模糊中清晰起来，意义在比较中彰显出来，足以令当代人陷入历史的沉思。剧中的青年研究生姚远吟道："九十年前，他们不肯顺流而下，用青春和信念去解时代的镣铐。九十年后，我们追踪他们用鲜血拓下的足迹，以初心召唤未来的征途。"其义昭然。

两个寒夜,似乎是历史的对接。

此时此刻,一个是史学的真实,一个是艺术的呈现,使剧场成了纪念场所,使演出成了纪念仪式。

一

《前哨》是一部关于革命和青春的话剧。此类题材作品已然不少,堪称经典的却不多。或是主题稍显生硬,或是人物稍显单一,或是叙事稍显平铺,在美学的等级上,从真实的发现,到道德是非的发现,再到社会必然规律的发现,至人类价值的发现,拾级的幅度总是不大。

《前哨》有自己的追求,它善用优势,也规避弱处。该剧的主人公——一群花样年华的文学青年,身处文学狂飙的20世纪30年代,激情满怀,五彩缤纷,赋魅故事颇多。作为该剧的扮演者,青年演员可以轻易捕捉到青春的气息,他们的朝气、梦想甚或稚嫩。然而,斗争的严酷,精神的炼狱,"墙外桃花,墙内鲜血,彼此照映,尤其残酷",是演员们所陌生的。

在此,角色和演员都指向了一个深邃的意旨——信仰,只有它的合理化或者合法化,赋魅才能建构,并放大它的效应。

该剧运用一个巧妙的结构方法,将故事发生时的20世纪30年代、剧本创作时的20世纪90年代和演出进行时的当代,进行时空"穿越",以当代演出者的"发问",不断向前逼近那两个年代,深勘两个年代的信仰"矿井"。上下求索,逐渐触摸历史的褶皱。剧中,青年研究生左浪表白:

"我们现在看的资料已经足够我们消化了。我们现在需要的是,从人物的内心出发,去感受他们。"

"这五位烈士都是知识分子,不革命生活也过得去,像殷夫还可以过得很好。但他们为了国家、民族、社会出去革命了,他们为的是什么?他们跟我们一样,都是二十几岁的年轻人。那他们被抓,被关进监狱的时候,会想些什么?他们害怕吗?恐惧死亡吗?想过退缩吗?我觉得,想接触他们的内心,得想办法真正进入他们的时代,去感受他们的温度。"

这是两个时代同龄人之间的"信仰"考问,它提出了一个"温度"理论,表明了该剧的"信仰"感受不是教化式的,力避历史隔膜和高度遥望,而是用温度去感受。

这种探讨式的"信仰"叙述,可以让观众感同身受,是温暖的,也是入心的,主题、人物和叙事由此镶入,并具有了价值的意义。这是话剧《前哨》的人文姿态。

如此,观众能够理解殷夫与国民党高官亲哥的决绝,懂得柔石和冯铿牺牲之前的爱情呢喃,并为如下的思想境界深深动容:

"如果我们出不去,将来的人会不会知道,这里有过这样一朵小小的桃花呢?"

"知道不知道都没关系。未来的花总是每年都会开放的。"

如许,才有文人式的飘逸生命感怀,"春去秋来,岁月如流,东奔西走,游子徒伤怀;杭州苦读,北上求索,故土彷徨,海上风华,光景宛如昨"。这是纯净人格的极致洒脱。

叙事之间,穿插一个20世纪90年代,是剧本创作时,却是一个未完成本。剧中的两位青年研究生问询:"我们现在有个问题,当年编剧为什么没有写完就停笔了?我想知道他遇到的困难,这样才能知道他当时到底是怎么想的。""这都三十年了,当年的编剧是不是都把这个剧本忘了?"这似乎是赘笔,却将故事发生时和演出进行时连接起来。20世纪90年代一批另类民国作家重新红火,"左联五烈士"研究没那么受关注,故而"没有写完就停笔了"。三个时代,对待烈士的态度形成一个曲线,该剧亦成为对九十年中国精神史一个侧面的生动演绎。

二

《前哨》编剧黄昌勇是资深文化学者,研究"左联五烈士"有年。他认为:"不必一味追求戏剧冲突,重点是如何展现五个青年用文学开拓战场的状态。"他去传统的戏剧性,以主人公与时代的整体冲突作为主线,追求另类的大"戏剧冲突"。

该剧的舞台意象,可谓"美"。从主人公人格的美,扩展到舞台语汇的美:大处写意,小处写实,该淡处瘦,该浓处厚,古典与现代融合，沉重与空灵交汇，慷慨与冷峻交替。

演出中多媒体的使用，与整个舞台空间、表演意韵相生相映，演员可以自由穿梭于各个不同时空以及场景之中，思想、历史与城市空间转换如行云流水。专为戏剧拍摄的电影片段，及采用柔石小说改编的经典电影《早春二月》的片段，也为此剧增添了一种与历史互文的艺术维度。

历史的时空、角色的服饰是写实的，当代人物却颇有卡通意味，展示一种现代主义的时尚格式。在演员视觉上，它提示了一种代际的分野，在一个代沟（代际频次）大于地沟（地理沟壑）的时代，代与代之间必须传承，让思想文脉绵延。剧中，还有浪漫的超现实表现手法。丁玲寻夫，万分焦急之中，舞台上出现了几个丁玲，敲门，大喊，疯跑，穿梭。龙华桃花林一场戏，风吹花落，硕大的花瓣漫天飞舞，几乎将演员淹没，"左联五烈士"和丁玲互掷花瓣，玩闹起来，如梦似幻，仿佛非在人间。

我时常想，一代有一代之戏剧。今天，观众审美心理变了，是否已有新剧种诞生之契机？犹如当年"西皮"和"二黄"融汇而成京剧一般。在工业4.0时代，多媒体戏剧、实时影像戏剧，已在舞台展现它的魅力，契合当代观众的接受美学，它或许是新剧种出现的端倪，可以称之为"新影戏"。

显然，《前哨》的话剧新样式已跨了一大步，转媒体、融媒体运用娴熟，展示出舞台之美的绚烂。这是《前哨》的美学姿态，只是需要理论家的呼应和阐释。

三

话剧《前哨》与龙华相关。

这里,曾发生过许多惊天地泣鬼神的故事,"墙外桃花墙里血,一般鲜艳一般红"。

话剧《前哨》让我想到,红岩和雨花石,因为小说《红岩》和其他系列雨花石文艺作品而为全国人民熟知,龙华却缺乏与小说《红岩》等级匹配的相应作品。那么,话剧《前哨》的出现,是否能产生一种催化效应,以后有更多反映龙华革命故事的戏剧、电影、电视剧和小说出现,让人们更好地知道、了解龙华的历史?

这是话剧《前哨》的城市姿态。由此,也扩展到整个上海的红色地标,其间又该有多少感天动地的故事,都是上海文学艺术创作的偌大富矿。

近年,上海在这方面的文艺创作成绩不俗,舞剧《永不消逝的电波》、杂技剧《战上海》已成全国新主流作品的美学标杆。《前哨》作为话剧样式,还将不断修改公演,应该努力与前两部一起,共同构筑红色文化的上海美学样本,讲好上海故事,成为上海艺术发展史的一个亮点。

那朵小红花，是走出狭隘自我的"青春之歌"

刘 春

2020年末，"80后"导演韩延再次以癌症病人为主角，推出新作《送你一朵小红花》，继续了前作《滚蛋吧！肿瘤君》对生命本身的关注，以及幽默、温暖、温情的情感基调。正如《滚蛋吧！肿瘤君》的主题并非抗癌而是面对挫折依然持乐观态度，《送你一朵小红花》的主题也不是对癌症病人病苦的写实，而是如导演所言，表现了"通过对爱与温暖的感受，一个人能变得积极主动"。在这个意义上，韩延的两部癌症病人题材影片本质上都是有着"治愈"情感内核的"青春片"，主角的"抗癌"实际上隐喻了青年一代走出"自我"走向社会，积极与主流文化沟通并最终获得成长的过程。

纵观韩延导演的几部作品，其主人公都患有某种疾病。《第一次》的宋诗乔患有先天疾病，不能从事任何剧烈运动且有失忆症前兆，《滚蛋吧！肿瘤君》里熊顿得了足以致命的非霍奇金淋巴瘤，《动物世界》中的郑开司开篇即自言"脑子有病"，

平和与包容的情书

《送你一朵小红花》男女主人公韦一航和马小远则双双患有脑癌。这些身体的疾病以残酷而冰冷的方式，突如其来地打破了人物自我预期的人生计划，他们只能被动地接受并陷入由此导致的艰难处境。对于种种恶疾，影片中的"患者"们将之视为命运给出的已知题面，没有也无法追问其来源成因。他们的人生选择，无论是配合他人"善意的谎言"、积极乐观地自我鼓励还是力求打破命运桎梏，某种意义上，都可视为青年一代面对各种挑战、压力和困难，在社会剧烈转型兼及"告别青少年、走向成人社会"的个体成长重要节点所持有的典型态度。其中，《送你一朵小红花》的男女主角堪为代表，开朗热情的马小远和既"颓"且"丧"的韦一航，都在看似不同、实则相通地对抗着各自的困境。

同样身为脑癌患者，马小远喜欢微博开直播，热衷发私信结识与自己不同的健康人士和组织病友分享会，而韦一航走路贴边、饭馆坐角落，避免与任何人"交心"。与其说他们共同的假想敌是病魔，不如说两个人都在以各自的方式试图对抗个体的"孤独感"。马小远依靠网络积极拓展生活边界，希望勾连虚拟的网络社会和真实的现实生活以"抱团取暖"。韦一航更具普遍性的"丧"，则意味面对孤独和焦虑，主动降低期望以免受挫失望，从而形成自我保护，且蕴含了对现状的隐约不满以及"想和世界谈谈"的反思精神。

不同于美国影片《姐姐的守护者》着重表现癌症病危少女

那朵小红花，是走出狭隘自我的"青春之歌"

的纯爱无力抵抗疾病阴霾，抑或美国影片《星运里的错》患癌少男少女试图通过恋爱感受健康人的日常生活，《送你一朵小红花》对男女主角的脑癌并没过多着墨，尤其是影片前半段。两人在癌症尚未复发阶段的日常生活基本与同龄青年无异，在社交恐惧、直播互动、网络游戏、街边撸串、点外卖、计划旅行等桥段映衬下，癌症成为他们生活中刻意淡化甚至回避的部分。影片叙述的重点在于这对"同病相怜"的少年男女，如何在彼此真挚又笨拙的关爱中渐渐了知对方情意，进而学会体悟生活中的温情，尤其是韦一航如何被马小远的爱与热情带动，逐渐走出自我封闭的小世界，主动又积极地追逐自我梦想。

由于身体条件所限，两人无法实施周游世界的计划，于是马小远非常具有想象力地为韦一航策划了数场假想旅行。广场喷泉化身委内瑞拉大瀑布，冷库变南极，多层旋转楼梯当成喜马拉雅冰洞，工地沙堆成了撒哈拉大沙漠……就地取材、因陋就简的"说走就走"旅行，开启了韦一航"走向"世界的一扇窗。空间漫游后他们还想穿梭时间，假想已然战胜病魔陪伴对方到白头。这场时空之旅的生命盛宴，固然是影片中癌症患者力所能及条件下对生活的调剂，也可视为更广阔层面上深受"宅"文化等影响的青年一代，面对生活中的困难，最终愿意主动与世界和他人产生关联。

除了"夜听兽吼""陪你一起白日梦"等青年男女深情渐起的场面，《送你一朵小红花》吸引不同年龄层次观众的主题关键

143

词，还有亲情和家庭。影片中的父母为了给患病的儿女治病，默默忍受巨大的经济、精神压力，却始终无怨无悔甘愿付出一切。韦一航的父母是典型的为了孩子近乎忘我的"中国式"父母，他们的付出的确令人感动，但另一方面，韦一航在父母带有"牺牲自我"意味的爱里，备感沉重甚至想要逃离。此时的韦一航耿耿于怀的还是埋怨命运不公，他的关注点依然是"自己"。直到"雨中表白"时，韦一航才在马小远对其"老天爷不喜欢自己"的反驳中突破心结，终于看到了"他人"——那些在生活中同样遭遇各种层面困顿却并未放弃、选择坚守的人。经历了由"自我"到"家庭"进而到"社会"的心量扩展，韦一航对外界鸵鸟式的逃避，最终被来自恋人、父母和抗癌群体的温情消解。

影片最后，马小远癌症复发不治离世，韦一航独自一人完成了他们曾经付出行动却被迫中止的青海之行，并幻想在另一个平行时空所有遭受困苦的人，包括他和马小远都能获得幸福。不同于一般青春片中爱情的甜腻或残酷，《送你一朵小红花》中的爱情有着绝症病痛、生死离别的底色，因而也就有着一份抗争命运的孤勇。对于困境的破除，"平行时空"的设定稍显简单，且缺乏现实行动的依据和反思，但其积极的一面在于可以依靠精神层面的自我鼓励，更加从容地应对现实困难。

影片结尾，韦一航认真而努力地生活着，他又看到了漫山遍野曾经和马小远偶遇的羊群，这一次所有的羊都画着奖励他的小红花。面对无法选择的艰难命运，韦一航终于实现了与自我及世界的和解。谈及"小红花"意象，导演韩延认为成年人也需要鼓励，"当你主动迈出那一步，开始积极拥抱生活时，会发现生活里处处是奖励"。以"小红花"为表征的奖励，既可以是来自外界的理解认可，也可以是源于内心的自我认同。

在以往《滚蛋吧！肿瘤君》《动物世界》等作品中，韩延热衷于用电影可视化的语言表现青年亚文化中的网络游戏、动漫、网剧等内容以及"沙雕""中二"等精神特质，《送你一朵小红花》中对"宅""丧"等青年亚文化的思考及其与主流文化的沟通，则走得更加深远。2020年的疫情用现实告诉人们，在灾难和困苦面前，相互支持和合作远比自私自利更有力量，付出行动、自我认可远比自我封闭、逃避现实更值得赞许。虽然影片还有情节设计过于功利、叙述主题分散等瑕疵，但这种将当下生活热点以正能量方式融入青年情感结构的方式，值得肯定，也不失为国产类型电影叙述元素创新的典范。据悉，韩延关注病患群体的"生命三部曲"最后一部《天竺公园》（暂定名）已立项获准拍摄，这次"不止讲病人及其家庭，更关乎众生相"，期待影片愈加广阔的天地，能够展现愈加宽广的心灵。

现实以外的某一个地方，遇见心灵之美

赖声羽

不丹电影《鲁纳纳之歌》在众多国际电影节获得佳评，并将代表不丹参选2021年第93届奥斯卡奖最佳国际影片奖（原最佳外语片奖）。影片中，一心想赴澳洲当歌手的青年教师乌金，在赴澳洲前被派往不丹最苦寒偏僻的山区鲁纳纳支教，这令他欲哭无泪。经过八天的草行露宿，翻山越岭，终于到达鲁纳纳之后，他更是欲哭无泪。

海拔五千米、人口仅五十六人的鲁纳纳，没有道路、网络、电视、空调、抽水马桶，教室里没有桌椅和黑板，篮球场是泥巴地上一根绑着橡皮圈的木杆，天冷要烧牦牛粪取火，牦牛粪还得自己扛一个篮子一把一把拾捡。

过惯现代城市生活的乌金无所适从，向村长求去。然而，随着与当地淳朴善良的村民、天真可爱的孩子的接触，他渐渐发现了鲁纳纳的美好……尽管，村长已为他安排回程，但他并没有停止上课，还为学生做黑板，撕下窗纸当写作业的纸，从山下订购篮球架和篮球。

山区每天能听见清亮高亢的歌声在山谷间回荡,班长佩珠告诉乌金,那是莎尔顿在唱《牦牛之歌》。一天,乌金和莎尔顿在山坡上相遇,她教他唱《牦牛之歌》,并告诉他这首歌的含义。当乌金问她为"供养"而歌是什么意思时,莎尔顿解释说是把歌献给所有生灵,给村里的人,给山中的动物与神明,又说像黑颈鹤唱歌时不在乎谁听到、也不在乎听的人在想什么。在群山环绕之中,一位少女每天用歌声供养山谷的生灵,这样和谐的人与自然关系震撼了乌金。

莎尔顿说牧牛人和牦牛的情谊深长,歌中有一段牦牛向主人唱道:"就像每天上山吃草,到傍晚就自动回家,不论今生来世,我都会回来。"后来乌金得到一头名叫诺布的牦牛,他把诺布养在教室,成为班牛。

寒冬来临,暴雪将至,课业告一段落,乌金要走了。村长安排全村村民一字排开送行,场面严肃。乌金心情复杂,他对鲁纳纳有感情,但封路在即,必须趁早返乡。学童临别依依,可爱的佩珠不禁泪流满面。莎尔顿和乌金似乎有很多话想说,却只默默无语地望着对方。乌金走到远处回头挥了挥手,随即消失在山坡下。

荒山野岭的镜头切换成汪洋大海,乌金在悉尼一家酒吧演唱民谣,撩动了宾客的心弦,看来他当乐手的梦想已成真。突然,他停止唱歌,目光低垂,若有所思,引发台下一阵错

| 平和与包容的情书

愕。随后他又抬起头来引吭高歌："我的家在高原之上，万花之中……"是莎尔顿的《牦牛之歌》。他虽已离开鲁纳纳，但鲁纳纳的一切仍在他心中徘徊不去。

看似对白质朴、剧情简单的《鲁纳纳之歌》，却在多场试映会结束时，让观众热泪盈眶，有的甚至哭得撕心裂肺，却不知道自己为什么哭。它的动人力量，究竟何在？

有时单纯的美感能让人激动，尤其《鲁纳纳之歌》所捕捉、呈现的许多观众熟悉的世界以外的美：青藏高原、擎天雪山和苍茫云海，宛若另一个星球的景色，用"人间美景"还不足以形容。佩珠天真无邪的笑容、村长和牦牛生死不渝的感情、莎尔顿响遏行云的献唱，更是我们日常生活中难得一见的内在心灵之美。哲学家说现实以外的某一个地方，真善美同在。鲁纳纳是那个地方吧。

故事情节有如山路般峰回路转，也为影片增添趣味。乌金爬山累了，向导告诉他前面路更平，再沿着河走两天就到了，结果走了八天，越走坡越陡。山区生活远比想象的苦，乌金却决定留下，并慢慢开始甘之如饴。以偏远山村教育为题材的影片不乏先例，但多为老师改造学生，由学校改造老师的似乎闻所未闻。

在影片深处，有着主创人员对工业文明提出的质疑。曾经人们依时序春耕、秋收、冬藏，悠然自得，别无所求。随着工业革命的来临，都市兴起，丰富的生活带来无法满足的欲望，忙碌的生活让人焦虑，层出不穷的信息让人麻木，喧嚣的人潮让人孤独……而鲁纳纳的存在，似乎在"重现"那份纯净的美好。

看似写实的场景有着深刻的寓意，是《鲁纳纳之歌》的另一个特色。山上有素洁的冰川、碧绿的草原、纯净的清泉，人的心中也有一片净土。不丹有一间教室，是鲁纳纳小学，乌金在那里教书；鲁纳纳美丽的山林和纯朴的生活方式则是更大的教室，乌金在那里学习。平地和高山是两个对立的世界，海拔是心灵净化的量度。乌金前往鲁纳纳的路，其实是他的朝圣之旅，在这个过程中，他被迫舍去所有多余的行囊，直到在物资极度匮乏的状态下，他发现了精神世界的丰富。

所以从本质上来看，《鲁纳纳之歌》和梭罗的《瓦尔登湖》相似，它们讲述的都是关于修行的故事。捡拾牦牛粪、为供养而歌等故事和书中的"访客迷路""湖冰的澄澈""冻湖响雷"等事件，同样都是像禅师教学直指内心的谜题。

影片末尾留下一个疑问：乌金是否会重返自己日思夜梦的鲁纳纳？《重返鲁纳纳》会不会成为大家拭目以待的影片续集？如果不回去，是否又意味着山区生活不敌文明的诱惑？但临别时，莎尔顿曾对乌金说："我知道你不会回来。"女人的直觉最灵，乌金应该不会回去。

| 平和与包容的情书

　　《瓦尔登湖》的作者在离开心爱的小木屋后也没有再回去，他说：离开瓦尔登和来到瓦尔登的动机一样，是想体验另一种生活方式，这段日子的领悟已刻骨铭心，如果再住下去，不免有因循故辙之感。或许，乌金回不回去并不重要。鲁纳纳已深深改变了他，已走过的路，将永留心底。

人物与叙事"迂回前进",完成信仰升华

邱 唐

近日,国家广电总局广播电视节目收视综合评价大数据系统发布2021年第二季度的收视报告,《叛逆者》取得亮眼的成绩。

作为今年以来第一部引起广泛关注的谍战剧,单就题材与情节来看,《叛逆者》并不算十分出色,甚至谈不上新颖。基于此,《叛逆者》最后的成功更具有了值得探究的意味;或者从更普遍的意义上说,《叛逆者》的成功也许可以启发同类型影视剧寻求一种新叙事与演绎方式的思考。

人物形象的鲜活塑造,是该剧获得好评的一大因素。《叛逆者》根据人民文学奖得主畀愚同名小说改编,以主人公林楠笙(朱一龙饰)为缩影,展现特定历史时期中,热血爱国有志青年在战争和人性的洗礼下,历经艰难的成长蜕变,最终找到正确的救国道路,转变成长为一名坚定的中国共产党人的心路历程。出道多年的朱一龙,塑造的林楠笙人物层次感鲜明,展示出人

平和与包容的情书

物命运一种扣人心弦的"曲折中迂回前进"。在剧中,林楠笙经历了土地革命、抗日战争、解放战争三个历史时期,其信仰认知亦不断变化。朱一龙的表演,让观众看到了一个动态、立体的林楠笙,"在执行任务的过程中,他也有过矛盾和焦虑,而后在挣扎中越发成熟坚定;从在混沌中被裹挟前行,到逐渐坚定信仰并找到同伴,再到成熟后的深思与焦虑,主人公的成长和转变均有迹可循,并释放出富有张力的情绪"(评论家何天平语)。这个人物的塑造既展现了生命个体的成长,也折射出时代风云的变幻。

《叛逆者》的一个特别之处在于,剧中的配角广受关注,引发观众热议。王志文、李强等一众老戏骨的实力加持,王阳、张子贤等"黄金配角"的倾力演出,着实为该剧增添了许多看点与亮色。剧中顾慎言的圆滑与坚毅,纪中原的沉着与英勇,陈默群的嚣张与凶狠,王世安的阴毒与虚伪……优秀的演员使得一个个人物形象变得鲜活且丰满起来,给观众留下深刻的印象。例如,老戏骨王志文的传神演绎,将剧中顾慎言的机智冷静、胆大心细刻画得栩栩如生,顾慎言在剧中下线一度冲上热搜,就是角色成功的一个证明;王阳饰演的复兴社特务处上海站负责人陈默群几乎一出场就圈粉无数,这个人物的心思缜密、狡黠、自私都被刻画得丝丝入扣,无数网友点赞"从外表的范儿到内心戏,都是气场全开啊"。

过去京剧行里常有剧作与演员之间"人保戏"还是"戏保

人"之争，而《叛逆者》显然是一部"人保戏"的典范，因为演员班底的足够"硬"，使得原本乏力空虚的剧情变得有彩儿，可以说是演员撑起了这部剧。延伸来看，对于同类型影视剧作品来说，这或许隐现了一条新的成功路径，即带有献礼、宣传性质的主旋律作品，逸出某些堂皇与端庄的刻板印象，而与流量明星相结合，未必会在格调上出现想象中的"下移"，反而会更加年轻化，更富时代性，更具吸睛力。事实上，从网播平台上《叛逆者》的弹幕由"一龙哥哥好帅"到"致敬革命先辈"转变就可以看出，主旋律以流量作为点缀，未尝不是一条让当代观众，尤其是年轻观众更易接受与认同的路径。

更值得关注的是《叛逆者》的叙事视角。主旋律影视作品素有"大历史"的叙事传统，这导致了大量同类型作品的不断重复。诚然，宏大叙事固然有其存在的价值与意义，但影视剧作品本质上是一种艺术审美活动，讲求的是多元与丰富。"推开时间的闸门，走向历史的深处，讲好中国故事、党史故事，也是影视市场回归创作、优化创作的体现。且看时下热映的一部部影视剧，善于抓细节、讲故事是统一特质。"《叛逆者》叙事视角下移与聚焦微观的表述，使得故事在立体真切中不断推进，吸引了观众一路"追剧"的目光。

在笔者看来，《叛逆者》这样的作品是可以从另一个角度解答一些历史或者现实问题的。为什么只有共产党才能救中国？为什么共产党能够领导全国各族人民取得最后的胜利？林楠笙的故事,正是为这些问题的解答做了一个具体而鲜活的注脚。作为以爱国、抗日以及"反共"为信仰加入复兴社的热血青年,林楠笙通过自身与国共双方的接触,对于腐朽、残忍、阴暗的国民党势力逐渐失望,而被顾慎言、左丘明等共产党员的无私无畏、大义凛然而感动,蜕变成一名坚定的共产主义战士,投身革命的洪流之中,最终完成信仰的升华。正如评论所言,"林楠笙个人的蜕变,映射的是整个民族的信仰觉醒"。

《扫黑风暴》：大尺度与小细节的"爆款"

郭 梅

电视连续剧《扫黑风暴》可谓今年暑期档一匹"黑马"，乃集口碑与收视于一体的上乘之作。

推陈出新的细节设置

毋庸置疑，《扫黑风暴》之所以能继《人民的名义》《破冰行动》等相似题材的优秀作品后再次成功引发收看和评议的热潮，首先是因其自带流量的大尺度题材，即其在轰动全国的操场埋尸案、海南黄鸿发案、孙小果案等扫黑除恶真实案件的基础上"糅合"剧情，尺度、力度、深度、广度均不可谓不大，具备了"天然火爆体质"。同时，28集的体量、一集一天的剧情推进和播放速度，配合剧中督导组组长骆山河"希望一个月之后的庆功宴，在座的各位都能够参加"的警告式预言，让剧情的展开与观众的接受卯榫相扣，取得了张弛有度、扣人心弦的艺术效果。同时，又有演员精湛演技的加持，故开局便红，且热度持续走高。

值得强调的是，虽有《人民的名义》等珠玉在前，但类似的细节《扫黑风暴》并未回避不用，而是推陈出新，委实可圈可点。例如，剧中反派人物孙兴与人对话的一幕中，屋子里到处都是百元大钞：墙上除了成排的茅台，就是成沓的现金。孙兴坐在整袋的钱上，旁边的水缸也装满了钱……总体设计仍颇见匠心。主人公李成阳常去师傅带他去的那家馄饨店，类似桥段观众也早在《隐秘而伟大》等剧中被感动过，但这家店出镜率高，店主父女俩也并非纯粹的路人甲。

剧中许多道具与人物的贴合度很高，足见主创团队之用心。如在黑道上混迹已久的大江，常带的却是一只粉色保温杯，这"无言"地说出了他和送他保温杯的女子邢凡间的深情，已成网上的一个"热梗"。李成阳穿搭低调不浮夸，起的是雅痞的范儿，如领带的系法是一种特别的玫瑰花结——网上已推出该系法教程，足见观众追捧之细心。以儒商形象示人的反派大佬高明远，打"重要"电话时会换用老款诺基亚，并打开录音笔，他拿捏掌控官员和手下爪牙们的手腕也便可想而知了。高明远的座驾并不高调，车里却大有乾坤——改装幅度很大，副驾上是一套带磁性的山水茶具。车内安装茶座遮挡右侧视线，边开车边喝茶更属分心驾驶，都易引发交通事故，高明远显然是没把道路交通安全法放在眼里，其儒雅低调的"人皮"下的真实

《扫黑风暴》：大尺度与小细节的"爆款"

人设便可窥一斑而知全豹了……有道是，细节决定成败，《扫黑风暴》的上佳题材这朵红花，配上主创团队细致用心的绿叶，端的相得益彰。

有血有肉的人物塑造

窃以为，剧中最耐人寻味的角色，非李成阳莫属！这位"前刑警"与孙红雷十余年前在谍战剧《潜伏》中饰演的余则成异曲同工，皆为行走于黑白之间的刀刃之上，忍辱负重完成秘密使命的孤胆英雄。所不同的是，余则成是受党派遣执行卧底任务，李成阳却是遭遇诬陷被迫离职，独自选择了"卧底"。可以说李成阳走的路比余则成更黑、更窄、更崎岖，承受的心理压力也更大。

孙红雷用他教科书般的演技恰如其分地"托"住了李成阳这个人物——相较于余则成儒雅内敛的知识分子形象，老谋深算的眼神、似笑非笑的表情和一受刺激就耳鸣的细节，确实非常"李成阳"。还有，为逼人和解，他大打出手；搜寻被绑架的人物时，他动用的手段也绝非"白道"……这种种都夯实了李成阳似黑实白、亦正亦邪的人设。

李成阳到底是黑是白，这个观众最关心的问题，编导巧妙地通过李成阳和中江省公安厅刑侦总队扫黑支队支队长何勇的关系逐步揭橥——他俩是同窗密友，当年"连喜欢的女生都可以互相让",结果却遗憾地分道扬镳。十四载后蓦然重逢,不再是同行的他俩内心都在自问对方是否还可信任,语藏机锋互相试探。督导组在掌握绿藤市公安局副局长、扫黑办主任贺芸违规辞退李成阳的证据后,果断让何勇找李成阳交心,告知他被迫脱下的警服不久可重新穿上。李成阳悲欣交集,再次耳鸣。他眼含热泪推门下车,走了几步后摘镜抹泪,背对何勇举起双臂比心!这一刻,为他的背影而泪目的,又岂止近镜头里的何勇?

相比李、何间的情谊,李成阳和马帅的关系更复杂微妙。最初,一个执法,一个被执法,冰炭不同炉。但在李成阳含冤脱下警服被黑势力小头目关在笼子里狠命报复时,是马帅救了他,并让他进入自己的新帅公司。李成阳竭尽全力投桃报李——自此,公司和马帅始终干净。同时,李成阳一直坚守不与黑恶势力同流合污的底线。有人对他说:"你刚脱了这身皮的时候来的新帅,我就说你不行,马总就说你行哪,说你是道上的人。"可除了李成阳自己,又有谁知道他永远不可能是道上的人呢?有形的警服不得不脱了,但无形的警服他14年来一直穿在心里!

高明远的形象也堪称血肉丰满。他貌似儒雅低调,实则心思缜密、手段毒辣、自信狂妄,为了自己的利益,不管是谁,都可以毫不犹豫云淡风轻地下令"掐线"。当被问及"轮奸、杀人、伪造现场这些事说抹就能抹吗"时,他自信地说,能!可以说，高明远有多少霸道自信，"卧底"的李成阳就有多少痛苦煎熬。他俩在高明远家里那一场唇枪舌剑，充分显示了各自的"格局"之大——一正一邪，势同水火！

尚需打磨的"她"叙事

与似黑实白的李成阳相映成趣的，是似白实黑的贺芸，一个警察与逃逸犯母亲、黑恶势力保护伞的矛盾结合体。她一边在"警魂"牌匾下谆谆教导义子林浩"警察是让人安心的人，不是让人担心的人"，一边却将努力办案的林浩停了职。而这之前，她还把坚持原则的林浩扣留的物证违规还给了调查美丽贷真相的女记者、她的外甥女黄希。

故事伊始，贺芸似乎还当得起督导组组长骆山河"巾帼不让须眉"的赞美，同时她也是何勇眼中的预审专家。但随着真相抽丝剥茧般浮出水面，贺芸的真面目完全暴露，许多犯罪证据都指向了她。从学生时代被高明远迷惑，怀孕、生子，到儿子强奸杀人，她违心予以庇护，甚至不惜构陷和杀害同事……这一切如多米诺骨牌，把她推向万劫不复的深渊。贺芸的儿子孙兴和义子林浩间的博弈更耐人寻味——明里，是正邪间的殊死搏斗；暗里，是孙兴对林浩得到本该属于他的母爱的疯狂嫉妒和报复。孙兴确实是十足的恶棍，但他何以堕落至此？我们该如何引以为戒？编导抛出的一连串问号，值得观众深思和反省。

遗憾的是,剧中的女性人物并非都如贺芸一样立体可感。最典型的就是法制频道记者黄希,她未做应急预案便冒冒失失暗访医美中心,被刑警林浩搭救后又胡搅蛮缠地向林浩索要作为证物被扣押的录像手表,既不具备一定的法律常识,也缺乏应有的媒体记者素养。而27岁的"扶弟魔"徐英子的阅历和处事态度、能力也与实际年龄颇不相符。剧中郑毅红、思思等女性人物也都显得平面、单薄。其实,和战争一样,反腐扫黑也不会让女人走开,不管何种题材,"她"叙事都应精心打磨。此外,薛梅是如何在警察24小时监控中离开家没了踪影的?她是如何知道督导组经过的具体时间、地点而准确到达"拦轿喊冤"地点的?这种种疏漏虽小,却或多或少影响了逻辑自洽。当然,瑕不掩瑜,大尺度与小细节联袂打造的"爆款",足以震撼观众。

这一地鸡毛,打破了写实主义"生活流"

黄 轶

电视剧《我在他乡挺好的》(以下简称《在他乡》)是近年来难得的优秀都市写真剧。真实、接地气,是其获得好评的重要因素。故事以一群大学毕业后居留北京工作的青年为叙述对象、以剧中人物胡晶晶的自杀为联结,围绕乔夕辰、纪南嘉、许言三个漂在北京的东北女孩展开话题,呈现出城市化的移民时代都市异乡人原生态的生存情状:每天长途奔波挤地铁、打卡,没完没了的加班和失业风险,职场的排挤和女性生育的困境,租房的糟心,防不胜防的网络诈骗……鸡零狗碎的事儿连篇累牍,就如"一地鸡毛"。与这些相伴的,是鳞次栉比的高楼大厦、充满活力的喧闹街区、写字楼里激发才智的创意和闺蜜们抱团取暖的人性温馨,正如乔夕辰所说:"我喜欢北京,因为它够大够包容,如果你才华横溢,你可以功成名就;如果你很平凡但是你又努力,也能小富即安;如果你什么也没有,你就努力踏实肯干,也能有立足之地。"正是这些看似喜忧参半的

"不确定性",使得城市新移民确定了自己的目标:在他乡追寻自己的梦想。

《在他乡》的接地气,也因为剧情里流淌着每个都市游子"感同身受的痛"。在社会嬗递的"变量"中,坚守与离去、同行与委弃、决绝与留恋,构成了他们每日都在经历着的"断舍离",这是社会之"常量",而每一次抉择都是由他们的"底气"——例如学历、收入、家庭状况、对人生的姿态和把控力、人品、人设、价值观等共同参与完成的。《在他乡》把生活里有点狗血的"常"与"变"抛到我们面前,真诚而坦率。可以说,都市异乡人或多或少都能在这部剧中"发现"自己,剧中人物的身上有着我们过往的影子和现在的故事,我们借由他们重新感知召唤自己前行的那束光。

《在他乡》整体格调的明朗,在经历着疫情的今天很有意义。或许,它的故事不乏灰暗,但其色调不是迷茫的,其风格不是伤感的,它不丧不颓不佛,也不鸡血不矫情,每个人物都闪烁着平凡而可敬的光芒。这不仅得益于编剧对主题的把控,也源自演员对人物诠释的到位。

金婧饰演的胡晶晶是一个拥有"小太阳"般性格的姑娘,她在人前雀跃欢笑,人后默默消解自己的重重压力,治愈系的她就像个"树洞",每个人都愿意把自己的悲喜与她分享,却恰恰忽略了她也有她的负重。故事的开端就是被抑郁症折磨的胡晶晶在生日当天自杀,而姐妹团对其死因的不断追索、每个人对胡晶晶内心的渐次悟解和自我反省，以闪回的方式贯穿全剧，直到剧终大家在长城上——向胡晶晶告白，预示着她的逝去其实重塑了剧中的每个人。胡晶晶的故事就像一部纪录片，朴素而深刻地连接了现实与过往、他者与自我，使叙述充满张力又富有逻辑，在悲剧中氤氲着暖色。

该剧刻画的职场有残酷的拼杀和无情的踩压，但我们从中看到的更多是向上的追求、成长的历练和互助的善意，是每个人都渴望通过自己的努力在这座城市生根发芽，获得更深的身份认同。剧中乔夕辰与简亦繁的相识、相知与决定携手未来，虽然有着异地恋的一些风险，但他们理性且执着，懂得自己内心的需求，都市光怪陆离的现实没有阻挡他们对生活的判断，也没有削弱他们对未来的期许。纪南嘉和欧阳这一对人物的塑造，体现出导演和演员对角色出色的诠释力。这是两个可以说完全不搭调的人物：36岁的纪南嘉在事业上独擅胜场，她身上有着东北女性特有的豪爽、刚毅和内在的真诚与宽容，在经历了失恋、催婚、相亲等打击后，危机感和防备心都比较重，不愿随便嫁为人妇；欧阳是一个表面上看起来嘻嘻哈哈、随遇而安的活宝似的大男生，他本来可以跟着父母定居美国，但从14岁回北京探亲起就爱上了这座城市。这条胡同的一个水果摊点、那个街坊的一碗牛肉面，他都能从中发掘如鱼得水的快活劲儿。他活得不争不躁，体现出十足的北京市民气质，同时良好的家庭教育和优裕的经济条件让他对情感和婚姻有着自己的深刻认识。如果说让纪南嘉敞开心扉需要一种打开方式，那就是"欧阳"，欧阳庄谐有度的个性征服了纪南嘉，他们的相遇碰溅出美丽的爱情火花，暖化了我们，从他俩身上我们也看到了生命绽放的多种可能性。

编织这样一个女性群像式的都市剧，很容易落入窠臼，《在他乡》的编导在结构方式上可谓别具匠心。剧情虽然是"一地鸡毛"似的日常写实，但它打破了写实主义文学纯然的"生活流"般的叙述体式，其结构方式让人耳目一新：例如每集片长70分钟，这种容量能够让导演打破常规电视剧的线性直叙，更多运用插叙、倒叙、多线叙事、非线性剪辑、蒙太奇等相对多样的电影化手法；该剧在连续剧中加入了单元剧的元素，使故事在主线分明的情况下兼顾到一些相对独立的重点议题，如第七集的小标题是"断舍离"——无论是乔夕辰与过去的感情断舍离，还是纪南嘉对新感情到来的飘移不定断舍离，当每个个体学会同过去断舍离，才能迎接每一个更切近真实的当下和未来；该剧在叙事视角上主观与客观互渗，每一集的结尾都是一段旁白，对该集的重点议题进行阐释，也起到了为全剧提纲挈领的作用；该剧的叙事立场立足真实，打破了二元对立模式，例如，对公司市场部主管卢以宁，生产后匆匆返回岗位、试图用卑劣手段挤走占据其岗位的简亦繁，编导也没有彻底将其"黑化"，而是留给了观众许多思考的空间：卢以宁直到生产时每天都挺着大肚子在公司工作，羊水破了被救护车接走的那一刻还在叮嘱部下工作的事，而公司老总等她去了医院立即"空降"一名男主管顶替她……这就是职场内卷的残酷真相，也是这个社会应该反省的现实。

剧中让我印象深刻的还有那些鸟的意象，尤其是片头动漫中穿越丛林飞向都市的群鸟、那伤痕累累坠亡的白鸟、那站在屋檐观望市井并最终筑下小巢的燕子，似乎就是这些流寓大都市的年轻人的形象写照——他们像候鸟一样在北京和故乡之间飞来飞去，一头连缀着割不断的亲情乡谊，一头连缀着自己的梦想和爱情。这些沉甸甸的话题是我们这个时代不得不直面的窘境，《在他乡》的编导以朴素而直接的方式揭开了它的面纱，有着"以四两拨千斤"的从容。

和20世纪八九十年代进城打工的农民工不一样，像纪南嘉、乔夕辰这样漂在大都市、有学历、有事业、有创造力的年轻人，他们既是突入都市的"异质"——都市将是他们这一代甚至几代人的"异乡"，故乡也将不能再安放他们被城市文明招安的灵魂；也是这个时代社会结构中一个重要的阶层——他们就是城镇化最了不起的"因果"，城市离开了他们将失去新鲜的活力，呈现这个介入、冲突、挣扎的精神历程是当下文艺作品理所应当的"宏大叙事"，《在他乡》恰恰用"小叙事"的手法负载起了批判和审美的双重力量。

全景式《跨过鸭绿江》，实现向历史深处的凝望

忘 川

2021年12月17日，我穿越了。来到一片白山黑水间，那里河宽地阔，白雪一片，冲锋声、呐喊声刺破苍穹，连天炮火之中，辨不清战士们的面容，他们前赴后继，一路往前。

确切地说，是跨越，是身临其境。由中央广播电视总台出品的电影《跨过鸭绿江》以其雄浑厚重的风格、超强的代入感，将观众拉回到71年前抗美援朝的历史天空下。

近年来，战争历史片的呈现手法多有两种：工笔渲染和白描勾勒。前者多抒情，后者隐而不发；前者重细节、重烘托，后者则讲人重"传神"、讲事重"神似"，表现景物多为朴素；前者中有大量主创情感和判断注入，后者的主创多"隐身"，而将更多主观部分的权力交予观众。相比之下，《金刚川》和《长津湖》属于前者，《跨过鸭绿江》属于后者。《跨过鸭绿江》将一幅全景式抗美援朝画卷呈现在观众面前，以大气磅礴的史诗风格将观众席卷其中，从而完成了一种触碰历史的特殊体验，

全景式《跨过鸭绿江》，实现向历史深处的凝望

于是，观众迸发出的每一滴泪，都来自震撼而非哀恸，来自共情而非感伤。

盖因为电影《跨过鸭绿江》之"大"。在我们的记忆中，讲述抗美援朝故事的电影，如早年的《上甘岭》《英雄儿女》《三八线上》，又如近两年的主旋律电影《金刚川》《长津湖》，皆是选取某个时间段，以一场战役或战斗为背景，以某位或几位英雄人物为主角，呈现一个可歌可泣的战斗故事。《跨过鸭绿江》以中国人民志愿军司令员兼政治委员彭德怀的视角，回望抗美援朝的始末。

该片有史家视角，"大事不虚，小事不拘"，武戏文戏互相穿插、彼此推进，又各有节制、点到为止。武戏不过度渲染，虽视觉元素丰富，以大量道具飞机、坦克、枪械乃至特效表现炮火连天、血肉横飞的残酷场面，但总体感觉是冷峻的，始终以一种悲怆情怀书写志愿军战士的拼搏和牺牲，并无对"战争美学"的过度追求与铺陈。文戏简练质朴，片中大人物的塑造常在一个眼神、一个手势或几句对话中见精神，以此表现某种格局、某项抉择，不拖泥带水，也不做过多情感宣泄。因电影视角之广、格局之大，使得观众不由自主地被牢牢吸引，并如同置身于那段远去的岁月中，由此看到：在这场战斗背后的，是国家，是人民，是曾经的我们，故而也是我们的历史。

除了"大"之外，电影《跨过鸭绿江》还有一个特点是"快"。影片的节奏始终保持着排山倒海、虎啸龙吟的气势。观

| 平和与包容的情书

众还来不及看清彭老总手中的地图，听清战斗部署，记住阵地、要塞的名字，剧情已如隆隆的历史车轮般向前推进。看电影《跨过鸭绿江》是一场急行军——山地、负重急行军，心率和脉搏通通加快，我们与大银幕实现了同频共振。

这样的"快"，是历史的节奏。抗美援朝第一阶段，五大战役几乎一场衔接着一场，没有休整时间；第二阶段，双方僵持、角力，稍有不慎即可能一溃千里。双方指挥员棋逢对手，不能有疏忽，世界格局、大国较量，乃间不容发；战场之上，你死我活，但唯快不破。故而，我们所看到的，并非影片的节奏，而是那段历史、那场战争的节奏。我们所感受的虽然未及其万一，但能有此感受，已是难能可贵。

电影《跨过鸭绿江》不动声色地呈现着个人与历史、与国家的关系，进而给了小人物以一种唯物史观的价值认定。在全角度、大格局书写历史的同时，电影也以温情的笔触描摹各种人物。"飞虎山的石头"、"一生中最难写的电报"、"冰雕连"、杨根思、黄继光……虽都只是寥寥几笔，但皆如惊鸿一瞥，触动心弦。

这是一种向历史最深处的凝望。也许，相对于波澜壮阔的历史，个人显得无足轻重，但正是个人，以其拼搏书写了历史、成为历史夜空中最亮的星。而英雄们所为之拼搏的历史，也是他们生命的背景，他们曾为之生、为之死，只有嵌进这历史中，其牺牲有如泰山之重，"最可爱的人"具有了不凡的内涵。《跨过鸭绿江》以浓墨书写历史，从而也书写了个体的生命价值，最终将英雄的名字浓缩成一个个永不磨灭的番号。是以，在影片最后，当这些番号从幽深的历史天空向我们而来时，我们会不禁泪流满面。那一刻，我们看到的，是精神的不朽、是生命的重量，它不仅属于逝去的英雄，也属于凝望历史的我们。

"海水变蓝的故事"是作家们的，也是农民们的

刘芳旭

近日上映的《一直游到海水变蓝》，是由贾樟柯执导的纪录片，分18个章节，从生活中最简单也最重要的"吃饭"说起，引出第一位作家马烽与山西汾阳贾家村的盐碱地治理。由此，画卷展开，渐入佳境，将故乡、文学、健康、亲情等多个复杂的人生主题不规则地呈现在观众面前。富有特色的方言和戏曲，形形色色的普通脸孔，突兀闯入的科技元素、穿插其中的文学朗诵和许多隐喻、反讽，都带有浓浓的"贾氏"风格，将观众拉入影片里那魔幻而美丽的乡村中去。

马烽已经离世，关于他的这一部分主要由其他作家和当年贾家庄的村民回忆讲述。一位耄耋老人回忆起1949年之前的贾家庄，那时人们普遍吃不饱饭，"苦菜柳叶芦苇草是贾家庄的三宝"。"山药蛋"派代表作家马烽的到来，逐渐改变了贾家庄，"他提出治碱（盐碱地）先治水……"很多年后，摆脱了盐碱困

扰的贾家村，以吕梁文学季之名，迎来了文化的照耀。

围绕着吕梁文学季，《一直游到海水变蓝》串起了四位作家的乡土记忆与创作经历。以作家马烽、贾平凹、余华、梁鸿为点，影片试图勾勒出中国乡土文学发展的一个脉络，并努力通过他们几代人对私人经历的讲述，呈现1949年以来的一种"中国心灵变迁史"。

例如，出生于20世纪60年代的余华，用生动诙谐的语言讲述了自己的童年生活。他讲述自己幼时随父亲工作调动来到海盐，为了贪凉就睡在太平间里，还引用了海涅的诗句"死亡是凉爽的夜晚"。为了去文化馆工作，他开始写作……梁鸿以女性作家的身份叙述了童年家庭的苦难，回忆起重病的母亲时她几度哽咽，讲述起为家庭牺牲自己前途的大姐时，更是充满感激、歉疚与敬重。对于父亲，她的感情可能更加复杂，就如她曾在书里写到的那样："父亲一直是我的疑问。而所有疑问中最大的疑问就是他的白衬衫。"父亲对她年少时的生活，以及她日后的写作生涯都产生了重要影响。2007年，已经在北京定居的梁鸿想要回到故乡梁庄，在父亲的支持和陪伴下寻访乡亲，重新寻找生命的本质与真实的心灵。

影片的叙事就像一个回环一样往复，却又是不断上升、不断前进的。作家们遍历苦难、出走家乡，又在功成名就之时选择再次回到故乡；他们的文学轨迹也是如此，年轻时"什么都想写"，最后的方向依旧落在故乡。乡村成为文学的起点和落点，一个村庄的文学中可以看到整个中国的文学。

影片中，作家们的脸与村民们的脸相互交织，这些故事既是作家们的个体经验，同时也是一种共同性记忆，可能发生在过去时代的任何一个人身上。在新中国成立以来的几十年里，人们用勤劳和坚韧战胜了无数的苦与难，在乡村里种下了一颗颗希望与文学的种子。在贫瘠与痛苦的年岁，支撑人们的是希望和理想。正如影片最后，余华站在海边说，小时候听说大海是蓝色的，但是他看到的海水却是黄色的，所以他想一直游，一直到海水变蓝。

如今，这些种子已经生根发芽，用诗与爱回馈乡土、滋养乡土。

《爱情神话》是一封写给上海的平和与包容的情书

任 明

如果说，意大利导演费里尼执导的《爱情神话》(1969年)，讲述的是古罗马不为人熟知的另一面；那么，"90后"中国导演邵艺辉执导的《爱情神话》，讲述的则是上海不为人熟知的另一面。

这另一面，似乎透着点虚假，但又绝对真实。虚假，是因为我们绝大多数人都没有正视过这样一种生存的可能性，以及这种可能性意味着什么；真实，是因为它道出了饮食男女的另一面：爱情与婚姻不能等同，人生与事业不能等同，情感与永恒不能等同，浪漫与现实不能等同，朋友与爱人不能等同……

拥有这一切虚假与真实的上海中年男人老白（徐峥饰），他那位于市中心的二层独门小院里的生活，完美得仿佛不够真实，但又真实得令每个人都可以瞬间设想自己处于他的位置：有一手好厨艺，会画画，有住在附近的好友，有一帮熟络的街坊邻居，有几位向他学画画也是他收入来源的成人学生。

平和与包容的情书

撇开那套外祖父留给他的房子，其余几项，似乎我们经过努力都可以拥有——至少可以拥有一个相似的版本。然而，我们还是一无所长并且羡慕着银幕上的老白，羡慕他拥有这一切，并且慷慨地与他人分享——他没有收意大利小伙儿的房租；他总是兴冲冲地要为自己喜欢的女人做饭；他的绘画班，可以负责照顾半身不遂的老人；熟络的外贸服装店老板，可以将滞销短裤硬塞进他的购物袋……

《爱情神话》中的老白，有一种温柔男人的魅力，这种魅力是否只属于上海男人，我不知道；但影片中的很多东西加在一起，无疑就只属于上海了。譬如，会引经据典讲述人生、拥有自己"咖啡时间"的街口鞋匠；离了婚仍然备受前婆婆宠爱的红杏出墙的前妻；嫁给外国人、育有一女却遭遇离婚的职场女精英；自诩艳遇无数、热心为好友开画展的老克勒；中性化的女孩与中性化的男孩在咖啡馆里展开的恋情；还有临街酒吧、国际学校、外贸服装店、进口临期食品店、巷子里的图书馆、自家院子里的美术班、餐厅里的美术展、年轻人扎堆的咖啡店和果汁店……在这些熟悉的空间里，电影里的人物讲着日渐稀少却绝不会归于沉寂的上海话，度过了一个个充满烟火气的下午、晚上以及清晨。

令人羡慕的，就是老白身上的这种烟火气，是他自动"躺平"却依旧在寻找和付出的灵魂故事。令人羡慕的，也许还有自称与外国女明星有过浪漫邂逅的老乌——因为他的故事谁也

《爱情神话》是一封写给上海的平和与包容的情书

不知道谜底,却有着真实存在的可能性。他那不急不缓、仿佛总是"有光"的精神状态,为这一"奇遇"存在的可能性,增添了神秘的注脚。

而我们大概不会羡慕银幕上的李小姐(马伊琍饰)、格洛瑞亚(倪虹洁饰)和蓓蓓(吴越饰)。一个带有偏见的原因是:她们的婚姻都不幸福——只有李小姐在老白的追求下,有再次获得幸福的可能性。这当然是一种偏见:为什么男人单身令人羡慕,女人单身则令人担忧呢?人类战胜偏见的道路无疑道阻且长。然而,我们喜欢她们,就像喜欢生活中那些真实而独立的女性:喜欢她们的爽朗、尽兴、独立自主;喜欢她们知道有的事强求不得,不会恶毒地将彼此视为对手;喜欢她们的通透,即使没人爱也不爱谁,自己也要过得快乐;喜欢她们的大方与"拎得清"。

2021年末,来看这样一部影片是值得的。这种值得的感悟,大抵是可以延伸至上海这座城市的现实生活的:可以热情如火,也可以平淡如水;可以奋斗,也可以退隐;可以浪漫,也可以现实。最好的时候,是浪漫与现实并存,是清楚地看到自己与他人的不易,对自己包容,也对他人包容。

如果城市也会收到情书的话,《爱情神话》当然不是第一封以电影形式写给上海的情书,但它也许是第一封写给上海的平和与包容的情书——从中年人的爱情开始。

175

生命中不能承受的烟火之重

刘金祥

烟火气是市井最真实的生活状态,是大众最绵长的精神记忆。迟子建的最新长篇小说《烟火漫卷》,就是这样一部抒写和描绘城市烟火图景的文学作品。作品通过张弛舒缓的叙述和温婉从容的铺陈,逐步拉开一个个感伤而温情的故事帷幕,渐次展开一幅幅氤氲冰城烟火气息的生活场景,让漫溢在城市大街小巷的嘈杂喧闹和欢笑悲泣跃然纸上,使翻卷在社会底层的情感波澜和浮世沧桑叩击读者心扉。

"寻找"是《烟火漫卷》的表述范式和叙述策略,更是书中故事递嬗与情节推演的内在逻辑。这种"寻找"包含两重意蕴,其一是指血缘意义上的寻觅,其二是指精神向度上的稽考。而无论是血缘上的寻觅还是精神上的稽考,均表明小说主人公们在寻找别人的同时也在被自身所证实,被社会所指认。《烟火漫卷》以刘建国、黄娥、于大卫等为主角,以刘骄华、谢紫薇、翁子安、杂拌儿等为衬托,以寻找40多年前丢失的婴儿(铜锤)

和离家出走的卢木头为主线，通过现实事件与历史故事的互相交织，以及自然风貌与人文风物的相互融汇，结构成一部散发着人间烟火气的现实主义小说。

林语堂说过："构成人生的，更多是且将新火试新茶的寻常烟火，平常小事。"就此而言，人生就是由平常小事和寻常烟火杂糅成的一个个平淡故事。迟子建在《烟火漫卷》中给每个人物都灌注了丰沛而生动的故事，让这些存活于城市底层的人物变得饱满而丰盈，善恶同存一体，美丑共寄一人，引导读者感悟幽微人心和诡异人性背后的些许温存和诸多暖意。正是这些温存和暖意，构成了迟子建文学创作的惯常底色，并内化为《烟火漫卷》一书的恒定基调。

黑格尔说过："不劳而获的享受和高高在上的尊崇，是每个普通人的梦想和追求。"诚然，生活的确需要精致与高光，但更需要日暮人间暖和炊烟袅袅升。对于市井百姓来说，活出生生不息的人间烟火气，不仅是一种生活态度，而且是一种生存智慧。为了寻找弄丢的孩子铜锤，刘建国几乎大半生都被寻找的噩梦所缠绕。在无意遗失和苦苦寻找之间，他始终没有选择忘却和止步。尽管他坚忍刚毅、不舍不弃，但小说结局却出现了意想不到的逆转，正所谓人间烟火浑浊朦胧，而被烟火熏染的人也难以全然辨识。因此，寻找孩子归来、施救孩子身心、祈求孩子福祉，已成刘建国一生的忏悔和救赎。读者或许在小说上半部同情和怜悯他的不幸遭际，而在小说下半部却觉得他略显卑琐和丑陋。睿智的作家大都不会沿着线性思维去塑造主要人物,总要制造出一种令读者扼腕惊诧的戏剧性效果,这是作家的高明之举和深刻之处。通过故事情节的急剧反转,迟子建让读者感到人性有时是多么不确定与不可靠。

康德在《自传》中写道:"来生我更喜欢像简单朴实的农民一样,过着富有兴味和情趣的生活。"但承载人间烟火气的生活,绝不像康德想象的那样富有兴味和情趣,相反可能是一场苦涩而凄迷的漫长旅程。《烟火漫卷》中的每个人物都在烟火气中摸爬滚打,都在俗世凡尘中奔波操劳,都在漫布着烟火气的城市蹉跎消磨,与时下现实社会的大多数人并无二致。在这部长篇中,迟子建将创作视角聚焦于城市中那些普通的小人物:他们或许是司机,或许是退休监狱干警,或许是卖煎饼果子的小贩,或许是被城管驱逐的卖菜农民,或许是花心虚荣的孤独老叟,甚至是一只死于非命的雀鹰……这些都幻化为作品中鲜活的生灵。他们用自己的生命为哈尔滨这座城市点燃了星星点点的烟火,一簇簇、一团团,折射出城市众生的各种面相。

人间烟火既斑驳飘摇又温馨暖人,隐藏在《烟火漫卷》洗练精致文字深处的,依然是那种弥漫在人与人之间的关爱与善待、包容与宽宥。小说中人物之间的感情是真诚而友善的,正如书中人物谢普莲娜所说:"天上一寸光,地上万丈光。"事实上,书中人物间的真情笃意就是漫卷烟火淬炼而成的人性光芒,只是作者将大爱之心深深地隐匿在作品之中,留待读者去深入发掘和仔细品味。

小说故事的完整性是通过叙述结构完成的，而达到小说艺术审美效果同样离不开叙事结构的合理设置。在《烟火漫卷》中，迟子建对叙事结构进行了新的尝试，即在作品中将故事情节和人物关系衔接起来，并在二者之间预设一条忽明忽暗、若隐若现、时有时无的主体脉络，使故事情节和人物关系既相互补充又相互解构、既相互映衬又相互对峙。这不仅提升了小说的艺术价值，而且增强了小说对读者的吸附力。

几乎每个作家都有一方属于自己的思想领地，他们用殊异的生命经验和独特的情感体验，悉心发掘和精心雕琢这方或原发或后殖的文化界域，让这方牵系精神血脉的地域空间成为他们的心灵寓所和创作母体。近年来，迟子建文学创作的题材不断向城市切入和延展，这部最新的《烟火漫卷》，是其又一部书写哈尔滨城市文化和历史风情的力作，更是一部状摹当下哈尔滨百姓生活状态和精神状貌的佳作。迟子建以平民视角，书写了特定背景下以刘建国为代表的哈尔滨底层民众的生活状态，既有对时代环境的描述，也有对个体命运的刻画。这部小说呈现给读者的与其说是城市众生的悲情故事，不如说是一幅悲欢交织的社会画卷，只是这幅画卷被涂抹上了生命不能承受之重的烟火色彩。

在《烟火漫卷》中，迟子建以超拔的历史洞察力、时代穿透力和艺术统摄力，通过跌宕起伏而又从容淡定的叙写，充分展现了哈尔滨的北国景致、塞外风光和异质风情,引导读者欣赏中西合璧的建筑文化、音乐文化,领略具有浓厚北方民族特色的饮食风俗,感受这座城市历遍日暮与晨曦的人间烟火。就此而言,《烟火漫卷》不失为哈尔滨城市文化的又一徽志和弦歌。作为一部完成度和辨识度很高的长篇小说,《烟火漫卷》散发着浸肺入脾的人间烟火气,读者通过作品中的人物和故事能够审视自我、省察社会,为人间烟火在更大范围内浩荡漫卷赋能助力。

《战上海》：红色题材杂技剧的审美探索

姜学贞

杂技剧《战上海》自2019年问世以来受到广泛好评，先后参加了中国杂技艺术节开幕式、中国上海国际艺术节开幕式等一系列重要演出，入选文旅部"国家舞台艺术精品创作扶持工程全国舞台艺术重点创作剧目""中国杂技艺术创新工程重点扶持作品""庆祝中国共产党成立100周年舞台艺术精品创作工程重点扶持作品"，成为"三大工程"中唯一的一部杂技剧。众多荣誉，既是对该剧两年来不懈改进、不断提高的肯定，也在某种程度上示范了杂技创作艺术审美的成绩。

用杂技人自己的话说："它解决了杂技界多年想解决而没有解决好的问题，那就是剧情与技术的关系；回答了杂技界多年想回答又不敢回答的问题，那就是杂技剧完全可以讲好故事。所以《战上海》得到大家的公认，这部剧是杂技艺术创作的里程碑。"

平和与包容的情书

一

在笔者看来，作为里程碑的《战上海》"解决"和"回答"这些问题需要克服三个难点：一难在对红色题材的把握，二难在杂技叙事的可能，三难在将前两者整合起来的审美升华。也就是说，铸就一部兼备艺术生命和精神感召的杂技作品，题材、杂技本体与审美缺一不可。

革命历史题材历来是文艺创作的一大阵地，创作体量也颇具规模。但不容回避的是，有些主旋律舞台作品，上完舞台便"刀枪入库，马放南山"，演出次数有限。因而，如何有效地开掘红色题材，实现思想性、艺术性、欣赏性三美合一的转化，向来是摆在文艺工作者面前的一大课题。

《战上海》是对红色题材杂技剧的全新探索，以杂技艺术手段和舞台样式展现"战上海"的跌宕起伏与壮怀激烈尚属首次。该剧没有流于浮泛的喊口号或简单的片段拼凑，而是扎扎实实把逻辑捋清楚：敌我友三方齐推共进，矛盾交织冲突，最后汇合解决；把故事理明白：前线战火纷飞，后方刀光剑影，一切的浴血奋战只为了最终的和平幸福。

创作上以小见大，将解放上海这一宏大叙事落脚于一个具体事件——争夺发电厂来切入与展开。剧中人物置身于解放战争的大格局下，每一个亮相都自带生活的烟火气息，每一种人物关系、每一种戏剧行动都围绕发电厂而推进故事。细针密线

《战上海》：红色题材杂技剧的审美探索

勾连起人物的内在情感关系，家国天下的革命现实主义中适度糅合了儿女情长的浪漫主义，让故事在波澜壮阔的行进中传递出一份真实可感的温度，更让光明与黑暗的殊死搏斗充满了直击人心的澎湃力量。经得起推敲的戏剧构思，无疑为该剧的成功奠定了基础。表现在舞台上，则是戏剧冲突交错推进，人物逐渐丰满，剧情推向高潮，故事一气呵成，达到了看时扣人心弦、看后颇可回味的效果。

故事内容既已确立，如何用杂技的艺术形式加以体现？

《战上海》用多个杂技节目连线串珠，在方枘圆凿间巧妙讲述情节，完成整剧的谋篇布局。对应不同的情节，该剧立足杂技本体，纳入魔术、滑稽、驯兽等多种表演样式。其中包含20个精品杂技节目、新创编排的9种节目，如绳梯、蹦床、倒走人、梅花桩、丰碑、换衣术等，都是按剧情需要量体裁衣而成型。每一个节目都可以独立成篇，比如《血战外围》中大跳板和《负隅顽抗》的八人造型，屡获国际金奖；《智取情报》的双人爬杆，获得全国杂技展演优秀节目奖和上海市舞台艺术作品评选展演奖；尾声《丰碑》的多人造型，献演于2021年央视元宵晚会……

单个节目在赛场上摘金夺银，但能否整合入一场演出，进而成为剧中不可或缺的一分子，在肢体动作中合力塑造出鲜活的角色，传递出故事的精神与力量，需要杂技本体向更高层面也即整体舞台张力的服膺。《战上海》对杂技节目和技巧的选择与编排，遵循了一切为戏剧服务的创作原则。在没有言语的条件下，每一个技术都精雕细琢，要融进故事，要符合角色设定，要被赋予前所未有的生命力，更要有恰到好处的表现力。为此，几乎每个节目的动作连接方式、节目表演程式都进行了大幅度改造。演员们减少了原有的炫技成分，也删去了渐进的起势铺垫，每一个动作都必须只取核心、直奔主题，呈现为戏剧情节中最有表现力的表演形态。再增加刻画角色所需的人物表演，辅之以典型情境的烘托，于方寸舞台上生发变换出多种可能，实现了整出剧目质的升级。

一台完满的演出，是看不到编导影子的。一个日臻完美的作品，是不需要创作者出面解释的。编剧、导演、音乐、美术等所有舞台创作要素，只有在高级的审美映照下进行统合创制，才可能让舞台这一综合艺术散发出照亮人心的光芒。

二

相比影视等视觉艺术，舞台演出因现场冲击、观演同步共振而独具艺术感染力。杂技体裁本身所具有的惊险奇绝难，一旦化身塑造为红色题材的战斗场面，显然可以聚合为更大能量的释放。《战上海》出品方明晰地意识到这一点，在制作中放开胸怀，主动邀约多个艺术门类的创作资源参与其中，以各自发力、共同丰富舞台，建构对杂技来说全新的叙事空间。音乐、

《战上海》：红色题材杂技剧的审美探索

舞美、多媒体、灯服道化等多个部门跨界融合，为杂技演员的技巧展示和戏剧表演保驾护航。剧中主题曲《等那一天到来》，用具有感染力的音符延伸了剧情，扩展了思考维度，引发观者的情感共鸣。多媒体视频为全剧增色不少，对环境的交代、情节的转换、场景的流动甚至演员的互动，都通过视频恰到好处地完成戏剧的假定性。甚至不止于此，在视频镜头推拉、画面切换等的有力衬托下，营造出氛围的真实可感，演员无声的肢体语汇从中得到进一步的放大或聚焦。各创作部门通力合作，在统一的审美要求和高度的艺术把控中，做到了难得又可贵的能量聚合，要素调度得当、门类配合得宜，为该剧持续增光添彩，最终全方位彰显了剧目的思想意蕴，酿造出震撼有加的艺术效果。

《战上海》一剧诞生两年来，多次听取意见，汲取多方智慧，精心修改打磨。在最近一轮演出中，之前屡获好评的《雨夜飞渡》和《丰碑》等情节，已不再是观众频频提及的亮点，因为有了更多精益求精后的新细节被观众青睐。

从这个角度而言，《战上海》作为主旋律作品实现了对观众审美的引领。作品成功地将上海城市内外斗争的激烈艰险搬上舞台，既有解放战争大义彰显在前，又有男女主角的深沉爱情蕴蓄其中，历史的厚重能打动人，先辈的精神能激励人，美好的向往能净化人。而杂技艺术以特有的高空动作、跟斗、顶功等上天入地的视觉冲击，艺术再现解放战争的艰苦卓绝乃至热血牺牲,血与火的战争风貌通过杂技得到质朴还原,赤胆忠心、忠贞不渝的虔诚信仰通过舞台再度传递到位。

尤其是剧终的《丰碑》,将全剧立意无言升华。那一刻的舞台上下凝神屏息,怎不令人血脉偾张、心灵激荡?不由得念及烈士们的慷慨牺牲,不由得感恩当下的和平安逸。理想信念支撑从前和如今的生活,也必将照亮往后的路途。这是一部主旋律作品应有的担当,而当这种担当以高度的审美进行弘扬,就更容易走进观众的内心。

"角色"塑造成功了,"流派"就在其中

任海杰

沪剧是我欣赏音乐与声乐艺术的起始点。尽管,后来许多年我的时间和精力大都在古典音乐领域,但对沪剧始终情有独钟。最近,先是看了原创沪剧《敦煌女儿》视频,又在上音歌剧院观赏了现场版,发现现场的新版本《敦煌女儿》改动很大,几乎可谓与以前的版本"判若两剧"。此剧改动的得失,是一个大题目,暂且不表。本文想说的是主演茅善玉在剧中的演唱,无论老版本,还是新版本,塑造人物都深情感人,尤其是唱腔设计上颇有创新之处、可圈可点,这引发了我的一些思索。

沪剧发展到今天,与中国其他地方戏曲一样,都面临着如何既保持传统特色又与时俱进的问题,其中的一大关注点——唱腔流派,一直被戏迷们津津乐道。比如,沪剧前辈艺术家解洪元的解派、邵滨孙的邵派、王盘声的王派、丁是娥的丁派、石筱英的石派、杨飞飞的杨派,等等。后来的学艺者,大都以这些经典流派为楷模。从好处说,这让后学者有一个专业标杆,

| 平和与包容的情书

而且这些流派在戏迷中深入人心，深受欢迎。然而，就像世界上没有两片完全相同的树叶，每个人的嗓音也各不相同。因此，多年来，真正学到惟妙惟肖者其实并不多，即便是学得八九不离十，但依然不是"十"，戏迷们往往觉得还是原创者更有韵味。更须思考的是，这些流派的原创者，是根据当时的演出戏码、演唱角色逐渐形成自己的特色，也就是说，所谓流派都是"过去式"。而沪剧这个剧种的一大优势是善于原创新戏。既然是原创新戏，就会有新的角色，在演唱这些新角色时，依然套用以前的流派唱腔，结果可想而知。这不仅是当代沪剧发展的一个瓶颈，也是其他戏曲剧种一个亟待解决的问题。

说回到《敦煌女儿》，茅善玉不仅是这部戏的监制和领衔主演，还是主角樊锦诗这一角色的唱腔设计者，也就是说，茅善玉是根据角色设计了唱腔。在剧中，茅善玉扮演的敦煌守护者樊锦诗，从一个20多岁天真烂漫的大学毕业生，到白发苍苍的大学者、老院长，年龄跨度五六十年，行当跨越花旦、正旦、老旦，艺术表现的难度很高。茅善玉曾师从丁是娥和石筱英，但她没有依样画葫芦，而是转益多师，吸收了丁派的华丽多变和石派的委婉甜糯，又对其他剧种博采众长，如越剧、评弹、锡剧、京剧等，甚至将流行歌曲和民歌的演唱技巧也融入沪剧唱腔中。总之，一切以我为主，为我所用，这里的"我"，就是角色，就是当代沪剧演唱的审美新理念。

多年来，茅善玉已逐渐形成"行腔圆润妩媚，旋律丰富大气而婉转跌宕……洋溢着上海都市的清新格调和时代气息"的艺术特色，这在她以往主演的《家》《今日梦圆》《雷雨》《露香女》《董梅卿》等剧中已有所展现，而此番主演《敦煌女儿》更是达到一个新高度，无论是念白、肢体表演，还是演唱和情绪表达，茅善玉都紧扣人物当时的年龄、场景和内心世界，起伏有致、进出自如（整部戏是倒叙式，剧中不同年龄的樊锦诗在不同时空中交叉出现）。尤其是与丈夫分别、面对红卫兵破坏敦煌文物、决心用新科技永远保存敦煌时的三大段唱，茅善玉的演唱声情并茂，形神兼备，感人肺腑，完全把人物演活了！此时，你不会分辨演员是用了丁派还是石派唱腔，或者是别的戏曲歌曲元素，它们融为一体，发出新声，为樊锦诗这个角色而深情歌唱。

剧终谢幕时，看着舞台中央的老年"樊锦诗"频频向观众招手，我恍惚有一种"庄周梦蝶"的感觉——茅善玉乎？樊锦诗乎？两者合为一体乎？樊锦诗为守护敦煌贡献一生，茅善玉为振兴沪剧历经无数困难挫折而不懈，她演唱樊锦诗，又何尝不是唱出了自己的心声？《敦煌女儿》历经八年修改打磨，茅善玉率领主创人员八次赴敦煌深入角色生活，她对樊锦诗这个角色所花费的心血，超过了以往所有的角色，可敬可叹！

由此可见，沪剧也好，其他戏曲也罢，唱活、唱好角色才是关键，角色塑造成功了，所谓的流派就在其中。不过，我还是认为，在编剧理念、导演理念、舞美理念与时俱进的当代，无论是戏曲从业者还是观众，其戏曲审美也应与时俱进。

文学会客厅,让"热爱"相遇

狄霞晨

《收获》是中国当代最为重要的文学期刊之一,"不趋时,不媚俗,不跟风",可谓上海文学的金字招牌。如今,迈入耳顺之年的《收获》依然秉持务实求新的海派精神,积极拥抱着科技带来的机遇。当同类文学期刊还在微信公众号的汪洋大海中飘摇摸索时,《收获》已率先推出了"收获APP"。

《收获》创始人巴金有一句名言:"把心交给读者。"这正是《收获》64年来长盛不衰的公开秘密。其实,巴金还有一句话,叫作"与作者成为朋友"。"收获APP"也充分展示了其作者"朋友圈",注重突出作家个体,尤其是青年作家。首批入驻的就有李洱、路内等59位作家,这一名单还在不断增加中。它在显眼位置为每一位作家建立了主页,主页上有个人照片、简介和作品,充分凸显了作者的重要性。无论短篇、中篇还是长篇,读者都能阅读其梗概,还可免费试读。

与注重呈现《收获》动态的微信公众号相比,"收获APP"

更像一个纯文学的会客厅：在这里，作者、读者与编者，都可以自由地相见。即便是"十年磨一剑"的作者，也不必担心会被读者所遗忘，它会全面展示其所授权的作品。读者则可以用最简单、快捷的方式，找到自己感兴趣的作家并阅读其作品。这样的"会客厅"是纸质文学期刊难以提供的，也是科技提供的新机遇。

随着网络时代的到来，碎片化阅读的加剧，纯文学似乎被边缘化了。我们的眼球更多地被社交媒体上的短视频与公众号热文所吸引，或是沉迷于网络文学中某种类型的连载小说而不能自拔。我们会对一篇阅读量10万+的文章评头论足，对套路化明显的爽文津津乐道，却常常忘记了这个时代还有一批在认真写作纯文学的作家。

然而，我们心中对于纯文学的渴望却从未消失，它就像一颗沉睡的种子，等待着暖阳与清流。越是内卷、焦虑、浮躁的时代，我们就越是需要能够洗尽铅华、荡涤心灵的文学。不过，在知识爆炸、书籍泛滥的今天，出版的门槛降低，书店里良莠不齐的文学作品，让读者无所适从。订阅一本符合自己文学期待与品位的杂志固然是走出这一迷雾的捷径，但毕竟众口难调，任何一本杂志都无法精准地满足读者个性化的期待。

这个"文学会客厅"的搭建，为读者带来了依据自己口味进行个性化阅读定制的全新体验。接受美学告诉我们，读者在文学活动中并非被动地接受，他们本身就有一种创造力量，有自己特定的期待视野,能够对作品的意义做出独特的理解和阐释,并在阅读过程中进行想象性再创造。网络文学之所以能够吸引大批读者,很大程度上就是因为读者可以用自己的反馈积极地影响作家的创作,甚至能够直接参与到作品的集体创作之中。对于网络文学而言,网络就是作者与读者之间的"会客厅"。这一经验也同样可以为纯文学所借鉴。例如,金宇澄小说《繁花》最初的版本就是连载于网络论坛上的,作者充分吸取读者的反馈意见并加以精心修改,最终获得成功。"收获APP"这一"文学会客厅"的搭建亦是如此,读者不仅可以定制阅读,还可以自由评论。杂志与作者可以由此了解读者的真正需求,从而在作者、读者、媒体之间形成良好的沟通渠道,形成紧密的文学共同体。

当文学拥抱科技,科技也会以其智慧回馈文学。网络时代的纯文学并非"失落的缪斯",依然有其不可替代性。文学是人创作的,也是为人而创作的。《收获》传承了五四新文学精神,其APP的推出也顺应了文学面对受众的时代变化。在纯文学的会客厅中,每一个热爱文学的灵魂终会相遇。

安藤忠雄的青苹果，是一种挑战吗

李　村

在当代建筑史上，安藤忠雄是一个绕不开的名字。

被称为"清水混凝土诗人"的他，曾获得有着建筑界诺贝尔奖之赞誉的普利兹克建筑奖。他设计的建筑作品超过200座，遍布日本乃至世界的各个角落，代表性作品有《住吉长屋》《万博会日本政府馆》《光之教堂》《水之教堂》等。

最近，《安藤忠雄：挑战》展在上海展出，这是对安藤忠雄建筑设计生涯的大型回顾展。展出场馆复星艺术中心内甚至1∶1复刻还原安藤忠雄的经典作品《水之教堂》以及《光之教堂》的空间结构。这也是该展览此前在巴黎蓬皮杜艺术中心和米兰阿玛尼剧场海外巡展时不曾实现的。

"建筑，必须通过身体的五感来亲自体验。"这是安藤忠雄一直强调的。对绝大部分人而言，如果不能置身作品中，再有名的建筑大师，也只是一个概念式的代号。而置身此次展览，不需要费力理解，这位传奇建筑大师与自然融为一体的建筑理念被直观呈现。

《水之教堂》是由安藤忠雄设计的"教堂三部曲"之一，另外两座教堂分别是《风之教堂》和《光之教堂》。作为世界上唯一以水为主题的教堂，水之教堂坐落于北海道夕张山脉东北部，建造在群山之中的一块平地上。如同日本的古老园林技艺"借景"一样，水之教堂使用延伸到建筑物前的人造湖来框景造景。安藤忠雄试图通过在平原上布置一个大的空间，来提升周围自然的价值。

安藤忠雄的作品几乎都在致力于"与自然对话"。他将单纯的材料美、简单的结构美、抽象的自然美在建筑空间内表现得淋漓尽致，也因此被建筑界评为"具有东方哲学色彩的现代主义建筑诗人"。

安藤忠雄希望他的建筑能超越几何大小上的物理界线。他设计的"住吉长屋"，只有33.7平方米，堪称"最小的世界著名建筑"。这个位于日本大阪住吉区的民居房，除了通气口，没有任何外窗，全部采光来自房子中间的开敞天井。安藤忠雄认为，让生活融合在自然中才是住宅的本质。他相信，这个中庭的自然留白能为这个狭窄的住宅创造出无限的小宇宙。吉屋的主人在那里住了30多年。此次展厅的入口，也首次尝试1∶1呈现"住吉长屋"的入口原形。

1995年，安藤忠雄获得普利兹克建筑奖。该奖自1979年成立，是当今世界建筑界的最高荣誉。"用最简单的几何形式，改变了光的形式，为个体建筑创造出了最多彩的微观世界。"普利兹克奖的评委这样评价安藤忠雄。未接受过科班教育的安藤忠雄，可以说是一个十足的"野生"建筑师。但也正因为这份"野生"，让他摆脱了学院派的套路和窠臼，开创了一套独特、崭新的"清水混凝土"建筑风格，继而成为当今最为活跃的世界建筑大师之一。

上海的这个展览，呈现了安藤忠雄大量建筑的详尽设计手稿，也将安藤忠雄过去半个世纪的建筑成果毫无保留地展现出来。看安藤忠雄的作品，你会发现，建筑绝不只是为人类所用的物理空间，它不仅与社会、城市、人与环境发生密切关联，更是自然的一部分。"我想创造出永远存于人类记忆深处的建筑，而非仅仅是物质或形式的存在。"这是安藤忠雄的"野心"，也是他的自我挑战。

出生于1941年的安藤忠雄，今年80岁了。在这场人生马拉松中，安藤忠雄并不是一个执着于"完美"的人。本次展览上，他亲自挑选了建筑生涯中的近80个经典代表作品。"这次展出的模型和图纸，是我这半个世纪里坚持至今的很多'挑战'项目。因为都是'挑战'，自然而然，不是所有项目都是顺当的。'安藤在那个地方失败了啊''这里他也没成啊'，大家一定会有这样的感觉吧。但就是这样，我还活着，还在继续挑战着。"

"挑战"是其坚持一生的主题。直至今日，安藤忠雄仍然渴望面对创造建筑时能遇到无尽挑战。在他看来，建筑设计最重要的是打破一切分界、朝事物的本质发起挑战的勇气。复星艺术中心的广场上，放置着安藤忠雄的装置作品——一个巨大的青苹果雕塑。这个青苹果上，安藤忠雄刻下"永远的青春"五个字。"青苹果"用来致敬美国诗人塞缪尔·厄尔曼的作品《青春》。多年前，安藤忠雄的友人向他转述了其中的一句诗："青春不是年华，而是心境。"如今，安藤忠雄用这个青苹果来表达自己对"青春"的理解——不怕失败，充满热情地生活，就能拥有一场永远的青春。

人性之上高悬的那面镜子

林 奕

1949年2月10日，阿瑟·米勒的《推销员之死》在百老汇上演。米勒回忆，演出结束，观众静默2分钟之后才开始鼓掌，20分钟后他们不得不再次打开大幕请演员上台接受观众的喝彩。第二天，百货业巨头Bernard Gimbal写了一份声明——任何员工都不会因为变老而被解雇。这部戏像是一记重锤，砸向又一次随着资本和社会的车轮高速前进的美国人，它敲醒了一部分的美国良心。

20世纪20年代，美国经济发展迅速，消费主义盛行。《推销员之死》主人公威利·罗曼正是在那个时候彻底加入了推动时代车轮的大军，但后来也正是这个车轮碾碎了威利·罗曼们。1929年到1933年的经济危机，让美国人一下子跌下云端，失业、破产、家散人亡比比皆是。身处其间的阿瑟·米勒看到了"美国梦"的破碎，看到了一群普通人在不可抗的环境中风雨飘摇，这激发了他创作《推销员之死》。剧中出现的1928和1945这两个年份，正是主人公威利生活崩溃的开始和生命的结束；也是和美国经济变化有关的两个年份。威利，为观众展现了一个最普通的人遭遇时代车轮碾压所呈现的状态。

非常幸运，2021年，我执导了米勒这部名剧在中国的第三版演出。1983年，在英若诚先生的主持下，米勒从美国来到中国，在北京人艺的舞台上亲自执导了《推销员之死》，其后又由李六乙导演重排此剧。珠玉在前，我不敢造次，尽我所能去找寻70多年后再排此剧的现实意义。所谓现实意义自然要和当下社会产生联系，但这种思维我并不擅长，我总是不自觉跨过某一当下"现象"去寻找现象背后的共性和规律，这可能是多年导演阿加莎·克里斯蒂作品带来的习惯。阿加莎不是一个社会派的作家，但她是一个洞悉人性的女性。

有意思的是，北京人艺1983年版《推销员之死》中饰演威利妻子的朱琳老师曾说，首场演出结束后，观众静默良久，几分钟之后才爆发出如雷的掌声。这和该剧1949年在纽约首演时的情况如出一辙。在这两个不同的时代、国度，观众观剧的反应为何如此一致？其中只有人是共同点，无论什么样的社会中的人。那么，2021年的版本，相比讨论"社会之于人"，我是否更应思考"人之于社会"？

威利终其一生都在寻找自己的生命价值和身份认同，但他把这些价值和认同寄托到了一个错误的梦上。即使在生命的最后24个小时里，他依然在回忆中不停地抓取能够继续维持他做梦的片段。他吹嘘他的业绩，纵容甚至鼓励儿子的狂妄自大，原谅自己对妻子的不忠，甚至抹去因为自己的不忠而影响了儿子一生的事实，一边感受到自己的空虚一边高喊"我是对的"。在米勒犀利的笔下，威利直到死都在为自己的那个梦拼搏。正如伯特兰·罗素所说的"不屈不挠的绝望"，威利深陷于此。

威利是美国大萧条时年轻的米勒看到的命如草芥的那一群人中的一个。少时，我也看过讲述美国经济危机的电影，破产或失业的人们从高楼大厦的屋顶一跃而下，但威利的情况不同，他熬过了整个大萧条，却在美国摆脱经济危机重领经济霸权的时候结束生命，这是最令我震撼的。当所有美国人开始编织新的梦时，威利的梦彻底碎了。所以，让他做错梦的，不仅是那个承诺了一切却无法兑现的美国社会，更是几乎任何一个人都不可避免的"自欺欺人"。其实，在1928年儿子比夫看到他在外偷腥而放弃毕业数学补考时，他的梦就被撕开了，因为他一生追求的身份认同坍塌了。之后的17年里，他拼命修补，奋力维系。无论是他日益衰退的工作业绩，还是几近破碎的父子关系。这是我认为米勒最值得尊敬的地方，他让我们看到了一个人拼搏的力量有多大，他自欺的力量就可能有多大。

在剧中，米勒并没有交代推销员威利究竟在推销什么，如同米勒所说，也许他在推销他自己。我们每个人何尝不在推销自己？我们将自己的秉性藏起，我们希望获得喜爱和认同，我们追求某个生活的美景。古希腊神话中的大英雄赫拉克勒斯年

| 平和与包容的情书

少时杀死凶恶的猛狮也是为了跟随"美德"的感召，获得"英雄"的身份认同。尼采在《悲剧的诞生》中试图找到生命的意义——迷恋可能沐浴在太阳神阿波罗光芒下美妙的幻想抑或跟随酒神狄俄尼索斯打破幻想，放弃小我的追求。

就像当比夫发现自己其实一文不值，从办公楼一口气跑下来时，他在楼层之间看到的"天空"，他看到了其实自己需要的就是"吃饭、干活、停下来抽根烟"，他看到了他喜爱的母马带着小马驹在得克萨斯的牧场上奔跑，他看到原来一切都在外面，就等着那一刻，他宣布他知道了"我是谁"。那一刻，他完成了打破"小我"的历程。

比夫宣布知道了"我是谁"，去追寻他真正关心的事情，威利的老友查理说"我从来没有对任何事情产生过任何兴趣"，威利年轻的老板认为"事情就是这样"……无论涅槃还是苟活，他们都得以生存，只有威利被碾碎了。米勒认为，"当我们面对一个愿意牺牲自己生命（如果需要的话）来确保一件事——他的个人尊严——的角色时，悲剧的感觉就会在我们身上被唤起"。同时米勒极具使命感地告诉我们，威利所追寻的尊严也许毫无意义，这正是他悲剧的根源。威利至死都没有明白，他所追求的和真正带给他欢乐的东西并不统一。

知道自己是谁，想成为一个什么样的人，这是人类永远在找寻的答案。

风入海上,带来别样审美体验

张立行

风入海上。这是青春的蓬勃风潮,也是艺术的葱郁新风。来自海内外的84位青年艺术家的160件(组)作品,近日在刘海粟美术馆举办的"新·青年——上海第十六届青年美术大展"中亮相。青年艺术家们以丰富多元的艺术语汇,呈现对历史的回溯、对当下的思考以及对未来的憧憬。从他们的创新姿态中,观众看到了上海这座城市对于青年艺术人才的强大吸引力。

上海青年美术大展是刘海粟美术馆的品牌艺术展,历来为美术界所关注。一些活跃在上海乃至全国和海外的优秀艺术家,当年都曾在这一展览中崭露头角。与往届上海青年美术大展相比,本届展览的作品征集范围更广,参展艺术家来自海内外各个地区。他们的入选作品涵盖了国画、油画、综合材料、雕塑、新媒体等各个门类,带来诸多出人意料的审美之喜。

时代更替,艺术表现方式不断创新,参展的青年艺术家们用作品展现对当下社会发展的浓郁兴趣和昂扬激情,并力求以独特的艺术思维回应时代新命题。于是，各种内涵丰富的主题不断进入他们的创作视野，比如，人与自然、世界风云、城乡发展、城市更新、环境保护、人间烟火等。

与前辈艺术家相比，青年艺术家的作品更具有个人化特点，他们更擅长从自我感受出发，更惯于运用隐喻的艺术手法来传递情绪。每一代艺术家身处的社会环境不同，个人天赋、审美取向和创作能力也不尽相同，不能简单地认定哪种创作方法更好、哪种不再合适，关键在于其作品能否准确地表达真情实感、传递时代脉动。就这一点而言，青年艺术家的艺术触觉是异常敏锐的，他们不但对一些过往鲜于表现的现实题材有所涉及，也敢于提出追问与质疑，这些都让我们触摸到他们艺术思考的轨迹。

在这个全球化时代，青年艺术家既能从优秀的西方艺术中汲取养料，又能自信从容地驰骋于中国传统文化的田野，从中获得无穷的创作灵感和丰厚的创作资源，最终运用崭新的艺术视角和艺术手段实现对于传统文化的敬畏与观照。比如，他们运用不同的媒介素材对传统中国山水画进行再摹写，又如，将中国文化元素注入"潮玩"，形成一股国潮之风。

在视觉图像如此丰富发达的互联网时代，仍然有不少青年艺术家坚守造型艺术的独特表现方式，在借鉴当代艺术观念与艺术语言的同时，积极探索推进"架上艺术"的当代性表达，尝试把中外造型艺术传统创造性地转换为符合当代中国现实社会审美的展现，力求"呈新"，力求突破。

刘海粟先生曾对青年画家寄语：要做时代的前锋，要做思想的前导者。如今，身处科学技术大爆发的数字时代，青年艺术家也在多姿多彩的作品中展现出他们对科技，尤其是数字技术的热情和创作力。这不仅反映在装置艺术、影像视频、交互艺术等新兴艺术作品中，也体现在一些传统的美术样式创作中，大大拓展了艺术表现的疆域，也给我们带来了别样的审美体验。

然而，我们也看到，由于种种原因，有的青年艺术家过分陶醉于科技和形式的探索，越来越依赖计算机技术，从而脱离了内容表达，游离了作品主题，使作品显得形式有余而内涵不足。展望未来，科技无疑将越来越多地渗透到我们的艺术创作之中，颠覆我们的认知和想象，青年艺术家们究竟该如何应对这种情况？我想借用美国著名导演马丁·斯科塞斯写给女儿的信中的话作为寄语："当所有的注意力都集中在制作电影的机械和引起这个电影制作革命的技术进步时，要记住一件重要的事情：不是那些工具拍出了电影，是你拍出了电影。"艺术创作同样应遵循这种理念——不是计算机创作了作品，而是人创作了作品。

古典走进现代，如同对生活庸常的打破

林　霖

以时间为轴

对艺术的解读与评判，正如哈姆雷特的"千人千面"，从来不是单向或唯一的。或许，重要的是能否真诚地面对艺术本身——无论是懂还是不懂、专业抑或非专业，真诚最具价值。若懵懂，则求知；若熟稔，则温故知新。但有一条定律应该是明确的，那就是——好的艺术，其力量在于以石破天惊之姿，打破人们的庸见和冷漠，宛如打破生活的庸常。

这就是我们总是执迷于古典绘画的原因。上海东一美术馆继人气极高的莫奈及印象派大展之后，推出经典大师主题展"文艺复兴至十九世纪——意大利卡拉拉学院藏品展"（以下简称"文艺复兴至十九世纪"），以时间为轴，展陈意大利卡拉拉学院的相关藏品，勾勒15世纪至19世纪西方绘画风格的发展与更迭。

展线设计依照时间脉络呈现，展厅墙面的颜色也与之进行了呼应：15世纪至16世纪以绛紫色为基底，因为紫色在西方教会及贵族阶层里代表着王者和尊贵的地位。到17世纪的单元，因以人物肖像画和静物为题材，在技法上注重光影的表达，因而墙面的基底为黑色，过滤一切嘈杂的背景元素。随着18世纪的到来，画面渐渐走出室内，开始走到大自然中，于是展厅墙面的基调转为奶白色，具有明媚开阔之感。颜色的细节不仅仅是区分单元，更在于与作品本身形成一个很好的呼应和衬托。整体来说，该展的展线清晰，板块明确，并从艺术史学术的角度进行了梳理，很好地诠释了何为美术馆的公共教育和美育普及的意义所在。

范式与追随

展览以拉斐尔创作于1502年的《圣塞巴斯蒂安》起航。说起拉斐尔，人们往往会想到其创作的甜美圣母，而这次展览却选择了一个比较沉重的母题：被乱箭射死的殉道者圣塞巴斯蒂安。不过，即便是残酷题材，在拉斐尔依然是走甜美系——圆润的脸，光芒万丈的光环，甚至是略带微笑的表情，画中人无疑是一位养尊处优的贵族美少年。且构图为肖像式，因此也算非常"另类"的圣塞巴斯蒂安了。

身为文艺复兴盛期的"三杰"之一，拉斐尔的"治愈型甜美圣母"无疑是古典绘画黄金时代理想美的一个典范。他的艺术传递出虔诚的信仰，有着优雅、平衡的趣味，又不乏微妙的激情——隐忍的激荡，内心的充盈，一切都恰到好处的完美。

拉斐尔创造了诸多宗教艺术的范式，被后来无数的追随者所模仿、致敬。

当然，拉斐尔不是只会画甜美的圣母。除了创立范式，拉斐尔对艺术发展更重要的贡献是，开创一种新型的绘画欣赏方式：主观凝视与个体感知——这一方式在后几个世纪美学理论中发展出一个专有名词，叫"移情"。正是"移情"的出现，改变了艺术史后来的走向，触发了艺术创作从宗教画转向人文精神的觉醒。

也是从文艺复兴时代开始，艺术史中出现的大师之所以能留名青史，是因为他们对绘画技法的改进有突出贡献，甚至是在观看方式上所倡导的变革。在此次"文艺复兴至十九世纪"展中，我们还会看到与拉斐尔同一时代的不少肖像画中出现了山川河流的背景，比如《乔瓦尼·贝内代托·卡拉瓦吉肖像》和《露琪娜·布伦巴迪的肖像》两幅画。前者在画面主人公背后的右侧出现了辽阔的风景，有湖泊、山峦、城堡，以及更远处的高耸的山峰，天空则聚集着黄昏的云朵；后者描绘的是深沉的夜景，一轮皎月当空悬，配合画面主人公背后的猩红色帷幔，平添一份诡异凌厉的气息，是很特别的一幅作品。我们知道，在文艺复兴之前的漫长中世纪时代，肖像画是鲜有背景的（包括室内装潢等），更别提户外风景，直到达·芬奇笔下，人物肖像画中的背景才有了真实的风景，举世闻名的《蒙娜丽莎》正因背景中描绘的是意大利小城博比奥的风景，成为印证画作主人公出身的证据之一。

直观的艺术史课

展览以时间为展线串联前后近五百年的艺术史风格，这样的好处是让观者可以对艺术史风格的演变有一个直观感受。在17世纪艺术单元，出现了巴洛克艺术。著名美学家海因里希·沃尔夫林在其代表著作《艺术风格学》中提出过著名的五对原则，清晰地区别了文艺复兴艺术和巴洛克艺术之别，这五对原则分别是：线描—涂绘、平面—深度、封闭的形式—开放的形式、多样—统一、清晰—模糊。我们在第一单元中看到的诸多小幅人物肖像，便有着明显的线描特点，更近似于浮雕的技法。而到了17世纪，如鲁本斯以及"烛光画派"的出现，色彩开始洋溢画面，明暗对比极富戏剧性，人物形体也以团块式的笔触描绘，更注重肌理的触感和视觉的动感。

在18世纪艺术单元，有几幅作品较为小众，却非常有意思。比如彼得罗·隆吉的《化装舞会》就是一例，其描绘的是威尼斯上流社会的一场化装舞会，场景颇有电影感，一派歌舞升平。但画面的基调却是深色，出场人物也都矫揉造作，因此让人不得不怀疑画家实际是采用了颇具讽刺意味的笔调。另一幅是废墟美学画派的贝尔纳多·贝洛托的《罗马提图斯凯旋门》。18世纪兴起的考古热直接引导一股"复古风"，尤以罗马古迹为先。这种复古自然带有资产阶级的精致趣味，以及对各种"诗和远方"的遐想。但因为同时期掀起的浪漫主义文学运动声势浩大，也不失为一个

| 平和与包容的情书

有意思的风格画派，因为联系18世纪即将到来的法国大革命和封建贵族制度废除的时代大潮，"废墟美学"的存在就更有深意。

"文艺复兴至十九世纪"展这堂直观而生动的"艺术史课"，将这些西方经典之作带到黄浦江畔，让观众得以伫立于这些画作前，直面纯粹的艺术语言本身的魅力，静静感受时间缓慢的流逝。正如巴斯赫尼斯的那幅《系着粉色丝带的乐器》，站在这幅画面前，你能感受到弦已断、不会再有音符奏出的哀婉，还有薄薄灰尘覆盖于曼陀铃之上的冷寂，指尖轻轻抚过，留下淡淡的划痕……古典艺术总是能在细节处打动人心。

值得一提的是，今年国内多地都在举办文艺复兴大展，其中比较引人注目的有北京嘉德艺术中心的"遇见拉斐尔——从文艺复兴到新古典主义大师馆藏展"和北京木木美术馆的"意大利文艺复兴纸上绘画：一次与中国的对话"。嘉德的这场拉斐尔大展内容较为丰富，聚焦拉斐尔的艺术之路，以手稿素描原件为主，多媒体交互的新型展陈较为抢眼。木木美术馆的文艺复兴展也以展出素描原稿为主。在如今愈加频繁的文化展览交流中，比较"省力"的是借素描作品办展，无论是借展成本、保险物流还是展陈布置上都比起油画更便捷、易成。因此，素描手稿展也成为如今遍地开花的大师展最为青睐的模式。

4

它承载着精神原色

回望历史与凝视现实，多了一层色彩
——2020年小说创作综述

王德领

2020年，因新冠疫情的影响而显得那么特殊。面对疫情，生命从没有如此地脆弱，又从没有如此地顽强。

在这样的时刻，作家对历史的回望以及对现实的凝视，无疑多了一层悲悯的色彩和感动的基调。

面对疫情，拿起笔来

抗疫，成为每个人都参与的重要事件。逆行者、白衣战士成为备受崇敬的英雄人物。由疫情带来的伤痛、惊惧、惶恐、焦虑等情绪，亟须抚慰与疗救。"文章合为时而著，歌诗合为事而作。"作家们面对汹涌而来的疫情，纷纷拿起笔来，为抗疫贡献自己的力量。

自2020年初以来，反映抗击新冠疫情、讴歌一线医务工作者的文学作品大量涌现。诗歌与报告文学成为抗疫文学的急先锋。诗歌形制短小，能迅速对抗疫行动做出反映。报告文学具有极强的现场感，能及时对抗疫现实做出全景式描写。作为一种以虚构为志业的文学样式，用小说来反映抗疫则相对显得滞后，特别是鸿篇巨制往往在灾难过后很长一段时间才会诞生。譬如汶川地震发生在2008年，10年之后，阿来的长篇小说《云中记》才写就，但甫一问世即好评如潮。可见，小说处理抗疫题材也具有独特优势，即由于小说的虚构性质，能最大限度地超越现实，自由表达作家对疫情的思考。因此，从历史上看，以肆虐世界的瘟疫诸如霍乱、鼠疫为题材的文学名著，纪实文学或者诗歌较少，基本上以小说为主。加西亚·马尔克斯的《霍乱时期的爱情》、阿尔贝·加缪的《鼠疫》这些作品以瘟疫为背景，又超越了瘟疫本身，写的是在巨大灾难中的人性与人情，作家对人类的悲悯是主调，既写了自然界的瘟疫，也写到了人心深处的瘟疫，具有极强的反思、批判色彩。

2020年发表的反映抗击新冠疫情的小说不多，且都是中短篇，主要有池莉的《封城禁足99天脑子闪过些什么》、张柠的《新冠故事集》、南翔的《果蝠》、丁力的《父子》、弋舟的《掩面时分》、吕翼的《逃亡的貂狳》、鄢元平的《江城子》等。引人注意的是，一些儿童文学作家也推出了抗疫题材的小说作品，如黄春华的《我和小素》、许诺晨的《逆行天使》等，从而把抗疫文学扩展到少年儿童层面。

池莉的《封城禁足99天脑子闪过些什么》是最早涉及武汉

新冠疫情的中篇小说。池莉用日记体的形式,详细叙述了武汉自封城到抗疫取得初步胜利这段惊心动魄的难熬时光,表达了一个作家对国家、人民强烈的责任感与忧患情怀。小说以第一人称自述的方式展开,现场感强烈,既是小说,也是报告文学,也可以说是新闻报道,是非虚构与虚构的结合体。这种亲历者的视角,为我们提供了新冠疫情肆虐时大量丰盈的生活细节,保存了珍贵的疫情记忆。小说保持了池莉一贯的对生活细节的敏感,对武汉烟火气的精微还原。对于池莉这样一个以书写武汉著称的作家,"一个人就是一座城,一座城就是一个人",小说中的"我"就是武汉。与武汉同呼吸共命运的贴心贴肺感,在这个作品里表现得异常真切。与许多作家不同的是,池莉在进入文坛之前是流行病的防治医生,有着预防流行病的专业经验。她在1997年写过一篇中篇小说《霍乱之乱》,里面有应对流行病的"隔离14天"等具体措施。去年这篇小说被大家争相传阅,起到了普及应对流行病的作用。这也是文学的力量。

另外值得一提的书写疫情的小说,还有南翔的《果蝠》。这部小说聚焦大疫当前人们如何对待野生动物果蝠的话题,反思意识较浓。弋舟的《掩面时分》并没有聚焦新冠疫情,而是以此为背景写了两个女人的故事。弋舟保持了他惯常的叙事笔调:迟疑不决、如梦似幻,在生活的表象下专注精神的追寻。人生充满了不确定,尤其是在以口罩掩面的时分,更是人生艰难的时刻。人类脆弱的情感如何皈依,似乎永远找不到答案。

人类的文明史可以说是不断抗击灾难的历史，灾难一直是文艺创作的一大主题。对新冠疫情的真正书写，也许才刚刚开始。在未来的时光里，这将会是一个具有世界性的跨越国界的共同话题，且一定会产生伟大的作品。

书写城市与乡村，视角不再单一

进入21世纪以来的长篇小说热，在2020年持续发酵。2020年无疑是一个长篇小说的大年，许多作家，尤其是一些老作家，纷纷推出了重要作品，使得2020年的长篇小说在数量和质量上都有不俗的表现。其中的优秀长篇小说，主要有贾平凹的《暂坐》与《酱豆》、王安忆的《一把刀，千个字》、迟子建的《烟火漫卷》、冯骥才的《艺术家们》、刘心武的《邮轮碎片》、王松的《烟火》、刘庆邦的《女工绘》、赵本夫的《荒漠里有一条鱼》、胡学文的《有生》、王尧的《民谣》等。这些作品或关注当下现实，或在历史与现实的回环往复中书写人生世相，在深度与广度上较以往都有可喜的突破。

长篇小说创作中表现最为瞩目的是贾平凹，他在68岁集中推出了《暂坐》与《酱豆》两部长篇，其创作力之旺盛，令人惊叹。《暂坐》是继《废都》之后，贾平凹第二次聚焦于西安这座古城。《暂坐》写了一个名叫"暂坐"的茶庄里一群光鲜靓丽的女性的生活。她们表面上年轻貌美，生活富足，但是情感生活缺失。作家细细描摹这些单身女性的精神世界,写她们的孤独、犹疑、迷茫,写她们的心灵无所皈依,彷徨在都市的十字路口。从这些女性出发,作家进一步揭示了都市人普遍的精神困境。有评论家认为,贾平凹的这部小说依然没摆脱作家长久以来的"《红楼梦》焦虑",《暂坐》中众姊妹所聚集的"茶庄"类似于"大观园",而她们"十佳人"的称谓亦是化用"金陵十二钗"而来。

《暂坐》写都市女性,《酱豆》则是给自己画像。贾平凹在题记里写道:"写我的小说,我越是真实,小说越是虚构。"自传体小说《酱豆》以《废都》的修订再版为开端,回顾了自己创作《废都》前后及作品出版后的戏剧性境遇,充满了人生慨叹。小说在叙述《废都》心结的同时,也表达了对时代的探究、人性的考问,反思色彩浓重。有意思的是,关汉卿曾自况为"铜豌豆",贾平凹自称是"酱豆",不同的豆子,具有不同的含义。自称"酱豆",无疑有自我揶揄的色彩,正如他在总结写《酱豆》的缘起时所说:"我这近七十年里,可以说曾经沧海","每一个历史节点,我都见识过和经历过,既看着别人陷入其中的热闹,又自己陷入其中被看热闹","每一次我都讨厌着我不是战士,懦弱、彷徨、慌张、愧疚、隐忍"。人在激烈变动的历史中,也许只能做"酱豆"一粒吧。

王安忆的《一把刀,千个字》延续了《天香》《考工记》的写作模式,从"非遗"的视角展开故事,《天香》写的是顾绣,

《考工记》写的是古建筑,《一把刀,千个字》写的是厨艺。小说开篇便从淮扬菜写起,叙述了自20世纪中叶始,在跨越半个多世纪的历史进程中,小名叫"小兔子"的陈诚和姐姐"鸽子"以及父母之间曲折复杂的故事。小说的地点在纽约、上海、哈尔滨之间频繁切换,在历史与现实之间自由游走。王安忆善于用工笔,以铺陈丰盈、精微、繁密的大量细节见长,元气淋漓,中气丰沛,这部小说更是如此。在作家雕花般的绵密叙事纹理里,历史的沧桑、个体命运的沉浮,甚至悲剧都带有一声华丽的叹息。

以写乡村著称的迟子建,终于将自己的笔触转向城市。她的新作《烟火漫卷》着力书写的是自己生活了30年的城市哈尔滨。就像书名所揭示的,小说写的是烟火气浓重的日常生活漫卷中展开的人性命运。整部小说以刘建国为主角,围绕他寻找40多年前丢失的婴儿这个故事主线展开,现实与历史交织。作家在叙述故事时巧妙运用草蛇灰线法,随着故事情节的推移,将谜底渐次展开,使这部小说具有较强的可读性。从书写乡村转向书写城市,对迟子建来说,是一次大的转变。在这部小说里,哈尔滨整座城市成为小说的主体,小说人物承载着城市的历史与现在,人物命运与城市交融在一起。迟子建写城市一点不逊色于写乡村,绵密的叙事,丰盈而灵动的文字,在哈尔滨的街巷徐徐展开。与王安忆写上海、池莉写武汉一样,迟子建一出手就不凡,写出了哈尔滨这座北国冰雪之城特有的城市风景。小说的开头这样写哈尔滨的早晨："无论冬夏,为哈尔滨这座城破晓的,不是日头,而是大地卑微的生灵。当晨曦还在天幕的化妆间,为着用什么颜色涂抹早晨的脸而踌躇的时刻,凝结了夜晚精华的朝露,就在松花江畔翠绿的蒲草叶脉上,静待旭日照彻心房,点染上金黄或胭红,扮一回金珠子和红宝石,在被朝阳照散前,做个富贵梦了……"

王松的《烟火》写的是他所在的城市天津。《烟火》的时间跨度长达一个多世纪,从清朝末年至21世纪,涉及的历史事件有天津教案、义和团运动、辛亥天津起义等。作家在这些历史背景中写平民百姓的悲欢。《烟火》具有特别鲜明的津味标识。小说的故事发生地是天津一个叫侯家后的地方。侯家后是天津的历史文化缩影,狗不理包子铺就是在这里名扬天下的。小说重点写的是侯家后蜡头儿胡同里一群手艺人的悲欢离合。侯家后的胡同是一个市井繁华之地,充满了生活的烟火气,也是老天津的魂魄所在。王松以高掌柜的狗不理包子铺为据点,人来人往之间,将侯家后的诸多店铺联系在一起,组成了一个错综复杂的文学地理图景。小说大量使用了天津方言。天津话干净利落,活泼俏皮。《烟火》里的故事密度在长篇小说里是罕见的。在100多年的时间跨度里,小说的100多个人物都有自己的故事;无数的故事缠绕在一起,在侯家后这个地方展开。这是一部平民的史诗,是有关天津的,更是有关中国的。

21世纪以来随着城市化的加速,城市文学与乡村文学的界限逐渐被打破，城乡同构的书写范式已成为现实，作家书写城市与乡村，都不再持单一的视角。中国作协于2020年7月召开全国新时代乡村题材创作会议，号召作家写好新时代中国乡村的故事。不过，该年度写乡村的优秀小说并不多，书写城市继续成为创作的主流。我们看到了贾平凹的西安、王安忆的上海、迟子建的哈尔滨、王松的天津。城市与人的关系，从来没有这么切近。而中国文学的现代化，正是逐步完成于作家对城市的反复书写中。

读到这样的句子，为汉语之美喝彩

小说是叙事的艺术，更是语言的艺术。对语言有无追求，是衡量小说艺术性的一个重要尺度。讲究语言者，如早年的鲁迅、老舍、废名、汪曾祺等，为中国文学树立了白话文写作的典范。当代一些作家也一直没有停止对语言的追求，追求一种雅洁、纯正、古拙、诗意的汉语。2019年以短篇小说《音乐家》引起文坛关注的"90后"作家陈春成，2020年出版了小说集《夜晚的潜水艇》，其中的《竹峰寺——钥匙和碑的故事》是具有代表性的一篇。这篇小说写得自然、洒脱、散淡、含蓄、隽永。有评论者从这篇小说里读出了晚明小品、桐城派散文之味。"福建多山。闽中、闽西两大山带斜贯而过，为全省山势之纲领，向各方延伸出支脉。从空中看，像青绿袍袖上纵横的褶皱。

褶皱间有较大平地的,则为村、为县、为市。"这一类的句子,很难想象是出自一个"90后"小说家的笔下。

好的小说家也应该是语言大家。散文家鲍尔吉·原野的中篇小说《乌兰牧骑的孩子:铁木耳与海兰花》,用一种水晶般纯净、澄澈、天真、诗意的语言写草原、沙漠,写牧民生活,写美好的人性。童稚的视角,使得整篇小说宛如一篇童话,阅读完像是做了一个绮丽的长梦。"沙漠多美呀!金黄色的沙漠想堆都堆不起这么高,它像从天空的巨大的漏沙器漏下来的沙堆,否则顶上怎么带尖呢?沙漠细腻,没人碰过它,就连蝴蝶也没用翅膀扇过它,一粒沙子都不少。沙漠顶端带着柔和的峰缘,阳光照下来,峰南金黄,峰北是黑色的。"读到这样的句子,不禁为汉语之美喝彩。

2020年是中国文学不平凡的一年。在这个特殊的年份,长篇小说一枝独秀,能够取得这样的创作实绩实属不易。文学是民族精神的灯火,我们期待中国作家能够创作出更璀璨的"精神的灯火"。

它承载着时代精神原色，丰沛而美丽
——2020年散文阅读印象

古 耜

　　回望和盘点散文的2020年，无疑可以"横看成岭侧成峰"，而在我看来，它更像一首内容繁复、结构恢宏的交响诗，其雄劲而瑰丽的鸣奏，给人们留下丰沛多元的艺术享受：一方面，许多具有责任感和使命感的散文家，立足时代前沿，呼应历史脉跳，以自觉的人民意识和浓烈的家国情怀，写出一系列揭示人间正道、反映社会变革、表现生活美好和人性亮色的精品力作，以此构成年度散文的主旋律；另一方面，一些散文家遵从心灵的感悟与召唤，坚持从个性化的经验积累与知识储备出发，在历史与现实相交织的巨大时空中，实施多题材、多向度和多形态的发掘与创造，捧出一系列弘扬真善美的作品，从而在展示精神与审美创造丰富性与多样性的同时，形成了年度散文的多声部。

　　概言之，主旋律强劲，多声部丰盈，是2020年散文的主要特点和基本态势。

它承载着时代精神原色，丰沛而美丽

一

2020年，中国大地上发生了一系列关系到国家命运和人民福祉的大事情。其中举国上下勠力同心展开的逐梦小康社会和决战脱贫攻坚的伟大实践，以深远的社会意义和巨大的历史开创性，吸引和感动了众多作家，扶贫攻坚、逐梦小康，成为年度散文的强大主题。

在这一主题之下，我们可以看到：丁晓平探访井冈山脱贫摘帽样板村神山村的《可爱的神山》《那山那水那乡愁》，潘小平记述革命老区安徽金寨实施精准扶贫的《岭上开遍映山红》，任林举实录吉林省大安市青年党员李鸿君带领村民拔掉穷根、改变命运的《小窝卜村的"八〇后"驻村第一书记》，等等。这些作品通过多时空、多视点的描绘，铺开逐梦小康与扶贫攻坚的生动画卷。它们告诉读者的，不仅是扶贫干部的忘我工作和无私奉献，也不单是农民群众的吃苦耐劳与聪明才智；更重要的是社会主义制度巨大的先进性与优越性，以及其在中国大地上所显示出的强大生命力。

在脱贫攻坚、逐梦小康的历史进程中，一些作家不仅是热情的书写者、助推者，而且是直接的参与者、践行者，这使得他们笔下的相关文字别有一种真切和生动。陈涛曾到甘肃偏远村镇挂职两年，对今日农村情况有着深入观察和体验，他的《挂职见闻录》不仅写出了农村发生的可喜变化，而且直面农民身上尚存的某些弱点，从而为作品在乐观之外注入了一丝忧患。女作家朱朝敏亦是扶贫工作队的一员，她的文字更多关注贫困人群的心理困境与情感缺失，一篇《塔灯》讲述丈夫帮助帮扶对象修复婚姻创伤的故事，揭示了精神扶贫的不可或缺。周伟的《乡村词典》和金国泉的《扶贫记》，都是作家作为扶贫干部，在脱贫攻坚现场的亲历和采录。他们讲的故事不同，却同样贯穿着作家剪不断的故乡情结和丢不掉的农村生活经验，唯其如此，这些作品充盈着一种源于乡村生活本身的魅力，因而也别有一种真实性和代入感。

二

与此同时，以爱国主义和革命英雄主义为精神内核的散文创作持续开展，质文兼备的精彩之作不断涌现。丁晓平的《老渔阳里2号的百年时光》，遥望中国革命的起点，生动诠释了中国共产党人的初心所在。王巨才的《那催人泪目的邂逅》写"我"瞻仰钱壮飞烈士陵园的情景，其情真意切的追思与缅怀，委实令人动容。焦凡洪的《在抗美援朝战场与巴金相处的日子》，借助一位老兵的日记，"激活"抗美援朝战场上的巴金，让人们看到了作家同祖国和人民的命运与共。王芸的《浩浩江流，巍巍屏障》聚焦长江边上的抗洪战场，撷取解放军战士的昼夜奋战，告诉人们岁月何以静好。裘山山的《静谧的林卡》，透过"我"的遇见，凸显高原军人习惯成自然的忠诚与坚韧，传递出一种默默牺牲和无私奉献的精神。剑钧的《生命里的大河》让"一条大河"的歌声，在生命长旅中一次次响起，从而化作"我"对祖国的深情礼赞。这些作品因为承载着一个时代的精神原色与价值导向，值得珍视和弘扬。

三

突如其来的新冠疫情，搅扰人们正常的工作和生活秩序，同时也引发了作家面对灾难的忧患意识和担当精神。一时间，以抗击疫情、守护生命为主题的散文纷至沓来，成为2020年度散文的重要组成部分，其内容表达则大致呈现三种路向：

一是记述疫情之下"我"的生活、工作以及所见所闻和内心世界。池莉的《隔离时期的爱与情》、叶倾城的《武汉"围城日记"：明天是新的一天》，不约而同地锁定疫情肆虐的武汉：困在城中的"我"和我们，固然不无抑郁和烦闷，但更多的是淡定、体谅、乐观和感恩，从而展现出国人面对危难依旧葆有的悲悯情怀与善良品性。习习的《庚子年，春天四节气》、尔容的《在汉口当"守门员"》，均写到身为文艺工作者的"我"，下沉到社区帮助防疫"守卡"的情景，平实而略带诙谐的讲述，浸透了温情和豁达，传递着生活美好和人间大爱。陈蔚文的《庚子：冬过春时》、范晓波的《仙境》，或诉说疫情下的阅读心得，或表达宅居中的美景向往，都是值得静心体味的好作品。

二是关注和赞美疫情中的逆行者。李舫的《与你的名字相遇——写给白衣战士》、西篱的《后方亦是战场》，分别从不同的视角与方位聚焦战"疫"中的白衣战士，那一个个临危不惧的身影，那一幕幕救死扶伤的壮举，连同沛然其间的崇高的奉献和牺牲精神，编织成感人至深的英雄群像，令读者久久难忘。

三是从历史或文化的高度，审视或反思这场疫情。在这一创作思路上，王蒙、冯天瑜、韩少功、王威廉等作家学者都留下了启人心智的篇章。其中韩少功的《聚集：有关的生活及价值观》从经济、文化、心理等多个层面，对人类社会的聚集现象做了客观辩证的剖析，进而建议后疫情时代的人们，重新定义自己的幸福观，可谓直面当下，语重心长。

四

以新的环保理念对话生态自然，是散文创作新的增长点。2020年不少散文家选择生态自然作为创作题材和主题，表现生态自然的散文作品，不仅数量日趋增多，而且整体质量也稳步提高。

李青松的《哈拉哈河》和《大麻哈鱼》，是生态散文的重要收获。此二文专注北方的江河，行文落墨有形象也有故事，有观点也有知识，有筋骨也有温度，让人既感受到自然之美，又懂得了生态奥妙。傅菲在《雨花》《青年文学》《湖南文学》等刊物发表生态散文，其作品多从生命经验出发，通过"我"对天地万物的仔细观察和深情体味，彰显了生态自然之美以及它对于人类的家园意义。长期致力于生态自然写作的哲夫、郭雪波均有新作问世，前者的《大地上的风景》和后者的《阿娜巴尔》，都为读者提供了领略大自然的新景观和新路径。安然喜欢在自然山水间安放身心，一篇《在深深的密林里》把这种感情和体验诠释得酣畅而细腻。彭程的《在大自然的怀抱中》原本是"我"对外国自然文学的读后感，由于其思绪灵动，笔调柔婉，且满载作家对生态自然的别样理解与体认，所以同样不失为生态文学的精品佳作。

取材的多样化和个性化是生态散文的又一特点。苏沧桑的《春蚕记》讲述作家同养蚕专业户一起隔空养蚕的一段经历，文中的"我"对于蚕丝文明的渐行渐远难免有几分无奈，但她对蚕宝宝，对昆虫、绿叶和大自然的由衷喜爱却始终在场。此外，肖复兴的《花间集》、赵丰的《聆听鸟语》、张映姝的《养花记》、柴薪的《草木在左，文字在右》、东珠的《昆虫的早餐》等，也都是人与自然对话的好作品。

五

大抵与中国传统文化的强势回归和广泛传播相关，20世纪90年代曾备受瞩目的历史文化散文，在经历一段时间的相对沉寂之后，到2020年再度出现兴盛的迹象，成为年度散文多声部中最富表现力的一种。

首先，一批由名家创撰、质量较高的历史文化散文集集中问世，其中影响较大的至少有：张炜走近苏轼的《斑斓志》（人民文学出版社），王充闾梳理国人精神文化轨迹的《文脉：我们的心灵史》（北京大学出版社），徐风发掘江南人文脉络的《江南繁荒录》（译林出版社），詹谷丰的专注东莞先贤和历史的《半元社稷半明臣》（长江文艺出版社），陆春祥在历史中做逍遥游的《九万里风》（广西师范大学出版社）等。同时，单篇历史文化散文亦多有佳制：李舫的《南岳一声雷》倾心对话思想史上的王夫之；杨闻宇的《重读李清照》引入女性视角解读李清照；刘上洋的《万寿宫：江右商帮的精神殿堂》细致探寻江右商帮命运沉浮的深层原因，均系言他人之鲜言，具有显见的原创性。而《钟山》杂志的两个历史文化散文专栏——由王彬彬撰稿的"栏杆拍遍"和由潘向黎涉笔的"如花在野"，或重述近代史实，或新说清词丽句，更是烛幽显微，琳琅满目，几乎篇篇精彩。

要特别指出的是，在历史文化散文创作中，李敬泽、祝勇和李修文三位作家，似乎都启动了新一轮探索，因而值得格外关注——李敬泽继续编织他的"小春秋"，但在《〈黍离〉——它的作者，这伟大的正典诗人》之后，突然谈起了《红楼梦》，其相继推出的《芹脂之盟，那几个伟大读者》《石头，雪芹所在之地》，不但串联起红学史上的各种"桥段"，而且将文学创作和批评的种种规律化作灵动的点染融入其中，尽显一种杂花生树、举重若轻的能力。祝勇继《故宫六百年》之后，在下半年的《当代》杂志写起"故宫谈艺录"，其新作《待重头收拾旧山河》《欧阳修的醉与醒》等，将古人看重的义理、辞章、考证，统筹兼顾，融会贯通，使笔下作品生出文学和史学的双重价值。李修文在《当代》《天涯》《红豆》等多家刊物谈"诗来见我"，这类文字的突出特征，在于从古诗的意境里发现了"我"的在场，或者说用"我"的感受激活了古诗的意蕴，这时，作品由于实现了古人与今人跨时空连接，所以读来自有一种深切与开阔。

六

文体探索与创新是年度散文观察不可或缺的维度。在这两方面，2020年散文创作尽管不能说成就卓著，但仍然展现出扎实、积极的势头。一些散文家用风姿独异的文本和别出心裁的劳作，进行了自觉开拓与潜心实验，且不乏可喜的收获。

刘琼在《雨花》开辟散文专栏"花间词外"，全年12篇作品的核心意象均取自古人的咏花诗词，但由此展开的书写并非单纯的诗词赏析，而是围绕核心意象进行多路径的疏通或辐射，其一系列旁逸斜出、旁搜远绍，看似信马由缰，但最终平添了作品的意蕴与生趣。黑陶的《寻访明代郑之珍》旨在史海觅踪，行文却不一味钩沉稽古，而是将被寻访的古人和"我"在现实中的寻访，化作两条线索和两个板块，令其穿插映衬，结果不仅避免了叙事的呆板与沉闷，而且为作品主人公建立起一种由古迄今的地理和民俗背景，便于读者感受与认知。王芸一向注重散文表达的新颖和有效，其再现传统傩舞的《观傩记》，用"现场篇""画外音""采访篇""资料篇"等不同声音结构全文，经过妥当的穿插调度，不仅省却了若干过场文字，使行文趋于精练简洁，更重要的是形成了作家视线的转换与交叉，从而使对象获得了多侧面有深度的呈现。朱强拥有自觉的文体意识，泚笔为文不但在构思和布局上煞费苦心、力臻工巧，而且很注重语言修辞层面的现场感和陌生化，以及相关的知识性融入和历史感营造。其讲述一位画家因遭遇商品规则戏弄而感到精神幻灭的新作《画展记》，正可作如是观。谢宝光对散文文体的探索堪称勤勉而执着，其新作《歧路》等明显打破了散文惯用的时间链条和空间秩序，而大胆引入了先锋小说所擅长的叙事圈套，以及用描写替代叙述等表现手法。只是这种跨文体借鉴似乎又没有从根本上解构散文作为"自叙事"的特征，"我"的视线始终在场，唯其如此，这样的探索更值得我们关注和讨论。

主旋律是一曲大地之歌

——2021年影视剧创作特色谈

涛 歌

疫情之下的2021年，中国电影继续书写着历史：电影总票房和银幕数量稳居世界首位，电影《长津湖》成年度现象级爆款电影，登顶中国影史票房榜。

2021年中国电影代表作《长津湖》，可以视为2021年中国影视剧生产的一个缩影：从年初的电视剧《山海情》《觉醒年代》开始，多部主旋律作品成为爆款，引发线上线下的热门话题。

如果将主旋律的昂扬置于国产影视剧复兴的语境中观察，主旋律影视创作体现着文以载道的文化传统，它不仅是艺术的指导方针，也是一种商业的叙事策略，呈现出双重内涵：一方面指向重大题材和重点作品；一方面指向思想内容和时代精神。从这个意义上讲，任何一部主旋律作品成为爆款都不是简单的商业上的成功，而是因其所包含的内容与当下人们的精神需求契合。

好比人们从《山海情》中理解农村，从《觉醒年代》中重温革命，从《大江大河》中追思改革，从《长津湖》中感悟和平。主旋律创作的重要性，在于它在当下人们文化生活中的议程设置功能，每一部作品所牵动的话题溢出屏幕边界，映射世道人心。从2021年涌现的一批佳作精品中所呈现出的广阔视野、鲜活人物和饱满质感来看，主旋律创作的诀窍其实可以归纳为八个字：返璞归真，慢功细活。

对主旋律创作来说，构成挑战的并不是题材和主题，而是创作的方法。因为，每一次的创作都是溯流而上。在云制作、虚拟现实盛行的数字技术时代，如何沉下去接住更多的地气；在流媒体平台对内容和流量的快速消费中，如何慢下来静心打磨作品；在短视频改变观影习惯的碎片化空间里，如何提供更多的让观众坐得住的长片。这些矛盾的梳理和调和，才是主旋律创作所真正需要回应的命题。

原味：素心直面现场

和银幕相比，2021年度的荧屏更让人印象深刻。《山海情》和《觉醒年代》能成为年度现象级作品，显然具有重要意义。它们分别代表了主旋律创作的"两极"：一个是表现时代精神的现实生活题材，一个是颂扬英雄主义的重大历史题材。前者表现山乡巨变的扶贫，直面困苦，不说教，讲述中国人在艰苦环境里的生存奋斗；后者再现大浪淘沙的革命，直面牺牲，不煽情，坦陈中国人在变革时代中的命运抉择。共同点是都体现了新现实主义的美学风格。

像是土里长出来一样。《山海情》的呈现刷新了人们对于主旋律作品的认识。泥土味,既有传统现实主义的厚重,也有人物内心世界的诗意灵动。乡村的"泥土味",反衬着都市的"悬浮气"。在习惯了4K高清影像和绿幕特效的数字时代,这种粗粝感何以有如此动人的魅力?

笔者认为,这涉及主旋律创作中的一个重要命题,即内容的本土化。本土,是对同质化的颠覆,现实主义是创作的底色。中国土地上正在发生的日新月异的变化,提供了非常多元的故事景深。近年来,具有鲜明地域文化特征的影视作品层出不穷,例如,以黔渝为代表的西南影像,以陕宁为代表的西北影像,均用方言表达,借风物抒情,沉入当地的泥土中,打破类型化的叙事框架,刻画真实的生活样态。本土,也包括对概念化的超越。《山海情》的语境是闽宁合作的脱贫攻坚,但这只是一个壳,其文本内核的意蕴极为丰富。如果从扶贫的角度,你看到的只是东部和西部的关系;如果从文化的角度,你看到的是人和土地的关系。《山海情》的"村民"对应着乡土中国的博大精神世界,浸润着这个民族最深沉的情感。从20世纪末的《黄土地》到《平凡的世界》,西部之所以成为一座文艺创作的富矿,是因为它映射了民族文化寻根的初心和情愫。《山海情》最动人之处,不是这般刺心的苦,恰恰是那种刻骨的恋。如作家路遥在《平凡的世界》中写的,"无论我们在生活中有多少困难、痛苦甚至不幸，但是我们仍然有理由，为我们所生活过的土地和岁月而感到自豪"。移民之难，难在故土。犹如黄河故道，不仅刻画了西部的山川地貌，也勾勒了人们的心理轨迹，由此可知主旋律题材可以挖掘的深度。

同样，《觉醒年代》也是一部下沉之作，还原的是历史现场。它的质感和细节更为丰富，闪光之处是展示了思想流变之美。呈现历史，全剧没有拘泥于戏剧性，更没有满足于图解，而是解图：平等勾勒了各种思潮、学派共生竞合的关系，描摹了陈独秀、蔡元培、胡适、辜鸿铭等人物不同的风采，这对主旋律的创作来说具有突破性。真实感来自对历史场景、事件和人物的有机还原，剧集单元中的人物演讲每每成为叙事高潮，而华丽的台词实际上来自真实的历史文本。

抵达现场，是创作的基本要求。主旋律是一曲大地之歌。它的崇高感，体现在题材的广阔景深之内；它的史诗性，融合在人们的日常生活之中。新现实主义美学的风格是避虚向实，崇尚质朴、温润和鲜活，观众喜欢更多的泥土味，因为，生活本色如此，不施粉黛。

手作：白面勾勒苍生

流媒体平台的兴起加速了行业的裂变和重组，如今，传统影视剧在和所有具有视频属性的内容产品竞争，而视频作品碎片化的特征深刻地影响着影视制作。据美国学者詹姆斯·卡廷对9400部英语电影的调查，发现英语电影从1950年左右的平均镜头长度12秒（约288帧）下降到2000年左右的平均镜头长度低于4秒（96帧）。镜头越多，意味着剪辑越多、节奏越快。电影作为一种快速消费品，内容的制作周期越来越快。但对于创作而言，未见得是好事，尤其是主旋律作品，慢下来才是普遍的规律。

首先，剧本打磨最在乎时间。电视剧《觉醒年代》剧本创作历时6年，七易其稿，其中，从剧本构思到后期制作花了3年零4个月；电影《长津湖》历经5年多的剧本打磨、2年多的细致筹备，编剧兰晓龙提交的初版剧本就有13万字，精修后还有6万字；电影《悬崖之上》编剧全勇先先后改了两稿，基础是多年前的获奖电视剧《悬崖》，从荧屏到银幕酝酿了8年。所谓精品，总是体现在对内容的反复过滤上，不经过时间的淬炼，价值无法沉淀。

其次，故事表达要硬核细节。历史剧创作往往容易陷入图解的套路，而对于当下观众来说，需要的是解图。解图是对史实进行影像化呈现，需要凝视和透析。比较容易的做法是对历史人物进行细节化处理，例如，电影《革命者》中表现李大钊就义上绞架前，和剃头师傅开玩笑的谈笑风生。让人物鲜活起来，用"生活的毛边消遣剧本的情境"，呈现细微中的绵长。具有挑战性的是对理念的形象化演绎。广受好评的电视剧《功勋》

之《能文能武李延年》选择了"指导员"这个角度，把李延年这个共和国英雄展现得很透彻，在荧屏上首次把军队政治思想工作的横截面展示出来。战壕中的思想工作不是塑造打不死的战神，而是培养有勇有谋有情的士兵，培养懂得"尊重、信任也是战斗力"的军官。

再次，人物塑造更需要破圈。主旋律作品能否成功的一个标志是对光环主角的"祛魅"。例如，电视剧《人民的名义》中的达康书记，是近年来主旋律作品中令人印象深刻的一个角色，"老戏骨"吴刚仅仅通过独特的眼神，就把"官"还原成了真实的人。电视剧《觉醒年代》借助历史记录、人物著述和艺术想象，对众多党史中"寥寥数语的人"，进行了多姿多彩的群像塑造，特别是展现了陈独秀、陈延年、陈乔年父子三人在亲情上、政治上从彼此不理解到认同和解的过程，这条父子情故事线成为全剧最大的亮点，以极富感染力的方式重塑了年轻观众对人物的认知。同样精彩的还有电影《悬崖之上》中张译演的特工张宪臣，英雄的被捕仅仅是因为一时兴起的寻子杂念，在传统的英雄叙事中，当属典型的"感情用事"，在此刻却成为"家国"纠葛的情怀，令观众掬泪。

拒绝脸谱，是创作的重要原则。主旋律创作从某种意义上说，因不能大批量复制而崇尚手工，它需要慢工细活的创作环境：反复地修改打磨剧本，只为呈现别人没讲过的故事；花费大量的时间体验生活，只为投入真实情感；刻画细腻传神的人物，需要进入角色的精神世界。在创作上保持一点慢速，在今天并不是落伍，反而弥足珍贵。

匠心：专业成就品质

下生活，作为现实主义创作的传统手法，其价值越来越被导演们重新认识。作为命题之作，电视剧《山海情》的制作时间只有短短1年，但创作者在拍摄中采取的三个做法十分有价值：一是实地采风，全剧组扎根宁夏，主要演员都沉浸式体验当地生活，编导采访了很多当年的移民，包括故事里的原型人物，请他们来做顾问，为故事提供了很多宝贵的创作素材；二是本色选角，全剧以西北籍演员为主，用地道方言表演；三是沉浸式体验，为了重现故事发生的背景，剧组不仅自己动手盖房子，甚至还种起了蘑菇，演员们参与搭建移民村，共同经历了从没有树到有树、从地窝子到土坯房砖房的过程。《山海情》里的"闽宁镇"，令人想起电影《红高粱》中的"高粱地"，这种"为拍一部戏，种一百亩田"的做法，吃的是笨功夫，拼的是创作理念。

以往人们对专业性的认识，多局限在商业类型片的制作，其实，主旋律作品需要更高层面的专业性。例如，《山海情》面对的是乡村振兴的宏大主题，要求主创者对中国西部、农村甚至民族问题有深刻理解，才能把握一个小村庄变迁的历史逻辑

它承载着精神原色

和人们的心理轨迹。所谓体验生活的意义是还原作品的质感，即解决环境、情节和人物的"三位一体"问题。是否能从真实生活中还原、模仿和萃取艺术形象，是衡量好演员的标准，也是避免"悬浮气"的关键。

质感，还体现在作品环境氛围的营造中。近年来，主旋律影视创作一个令人欣喜的现象是，创作者们对细节真实的普遍重视。电影《长津湖》和《八佰》把中国战争电影的制作水准提高了一个台阶。两部影片分别对抗美援朝战争、淞沪会战的军事细节进行精准还原，从军种礼仪、单兵装备、枪械武器到服装制式，都严格按照原样再现。电视剧《觉醒年代》的大片气质也和制作密不可分。制作方请来历史学家对史实和道具把关，北大红楼、陈独秀家、新民学会等数百个场景由剧组自己设计、搭建和改造。无论场景大小都有历史依据，剧中出现的书架书柜、新闻报纸等都是1∶1复原制作而成。一点一帧的画面集腋成裘、聚沙成塔，最后构成真实的历史意境。

堪称近年国内制作最精良的谍战片《悬崖之上》，同样采用1∶1的方法，真实还原了哈尔滨中央大街、亚细亚影院、马迭尔宾馆等地标建筑，从街景到人物服饰，甚至屋内摆设和道具，都力求还原当年风貌。为了拍摄林海雪原中的一个空镜头，导演张艺谋在雪中等风来，站了近两个小时。对真实和细节的追求需要大量资金，但是，比钱更重要的是匠心。

主旋律创作中，制作是不可忽视的重要环节。品质的提升，离不开中国电影工业的整体进步。主旋律作品的愿景是中国元素的全球表达，呼唤更多高品质的中国故事的涌现，仍需要创作者更多地沉下去、慢下来和静下心。诚如张艺谋的创作体会所言：我们永远在学习，学习讲好一个故事。我们都是讲故事的人，什么是工匠精神？对于电影而言，讲好故事，去磨炼、去锻炼、去学习、去提高，这才是（中国电影人的）工匠精神。

国潮正当时，文艺谱新篇

李　愚

2021年堪称国潮的"当打之年"。第五个中国品牌日公布的一个相关数据显示，国潮搜索热度10年上涨528%。国潮并不仅仅是一种消费现象，也是一种文化现象，渗入并影响到人们衣、食、住、行、用等方方面面。国潮既包括实物，也有科技骄傲和民族文化的潮流输出，其中，电视剧（包括网络剧）、电影、综艺（包括网络综艺）等子领域异常活跃。

当国潮与影视、综艺相遇，它能赋予创作怎样新的能量？国潮正当时，该如何才能行稳致远？

一

国潮不难让人联想到另外两个也很流行的说法——古风、国风。它们之间有联系，也有差异。

人们对古风如此定义：随着对古代社会的深入探索，人们对古代社会的风俗、文学、思想等也表现出了越来越大的兴趣；相应地，他们会吸收古代的一些做法、言论、思想等，并加以运用。换言之，人们选取了古代文化的一些元素，制造一种或真实或虚拟的古典，满足个体对古色古香生活的寄托。因此，古风常常是架空的，它有传统文化的元素，却未必落地到某个具体的时代或传统中。

国风是指在日常生活和大众文化里大量使用中华传统文化元素、体现中国传统观念、崇尚历史文化的流行风尚和审美现象。跟古风相比，国风有着更具体的文化依托。中国传媒大学学者王茜认为，国风"在于追慕一种伟大的历史传统，并通过历史传统来标定当下的文化坐标，进而为建构当下的日常生活图景添砖加瓦"。国风也很早就进入流行文化领域，比如中国风歌曲曾风行一时。

国潮，即"中国风"与"潮流"的叠加，它既有传统文化的精华，同时按照创造性转化、创新性发展的"双创原则"着力于将传统文化与时下潮流相融合，让国风年轻化、时尚化、潮流化。国潮最早指涉的是不断增强潮流元素、更具设计感与个性的"老字号"，比如李宁、回力、百雀羚、大白兔纷纷"变young（年轻）"，成为年轻人追捧的时尚品牌。这是国潮的1.0时代，集中于服装、食品、日用品等生活消费范畴。到了国潮2.0时代，手机、汽车等科技含量更高的国货，也受到年轻人的追捧。到了国潮3.0时代，年轻人最爱搜索的国潮内容，已经从传统的美妆、汽车、化妆品、家电、鞋服和食品，扩大到影视、游戏、漫画、音乐、文学、文遗等文化领域，国潮远远超出实物的范畴。

国潮正当时，其大背景是随着中国经济的快速发展和国际影响力的快速提升，年轻一代有平视世界的足够底气，他们的文化认同感和自信心不断提高，希望在形形色色的国潮中表达情感诉求、文化认同、价值理念与时尚追求。这种文化自信也有着产业支撑。譬如随着中国制造业改造升级，国货的管控体系、服务水平和市场把控能力变得更强，质量上并不输国外大牌。再比如一些国潮动画成为市场爆款，也离不开中国电影的产业化发展。

二

影视综艺中，国潮日渐成为显性的因子，并成为核心竞争力。在综艺领域，国潮打开了文化类节目的新思维和新格局。这些年来，一系列文化类节目在坚守文化传统的同时，创新表现手法和表达方式，让原本小众的文化类节目"新潮"起来，成为荧屏亮点。

比如央视的《国家宝藏》尝试"文化+明星""文化+小剧场"的"混搭风"。节目对文物的展现分为"前世"和"今生"两部分。在前世部分，明星守护人的设定，让严肃的节目有了娱乐的外壳，公众更容易亲近；而明星小剧场的演出，则通过生动、有趣的表演，有效传递出了文物的历史背景。

同样由央视推出的《如果国宝会说话》，一改旁白专业而高冷的学术性叙事，而是在每集5分钟的时间里，让文物开口说话，用通俗易懂的语言"诉说"发生在自己身上的传奇，实现与观众的平等交流。

北京卫视围绕故宫、天坛、颐和园、长城等文化IP，开发出《上新了·故宫》《遇见天坛》《我在颐和园等你》《了不起的长城》等国潮综艺矩阵，将"文化""潮流"与"年轻人"这三个元素充分融合，成功地让传统文化在年轻人群体中流行起来。

国潮也是近年来动画电影最重要的关键词之一。比如2015年的《大圣归来》，2016年的《大鱼海棠》，2018年的《风语咒》，2019年的《白蛇：缘起》，2020年的《哪吒之魔童降世》以及今年的《新神榜：哪吒重生》，它们的创意均源自中国古代神话传说里的经典IP，但都根据当代年轻观众的审美体系进行"故事新编"。

比如《哪吒之魔童降世》虽然延续哪吒传说，但原创度极高。哪吒身上有着年轻一代的影子。哪吒玩世不恭的外表下，有着很深的孤独。他高喊着"我命由我不由天"，他打破了所有人的偏见，打破了命运的桎梏，从万人歧视和唾弃的孤独魔童，成为拯救众生、无所畏惧、侠骨柔肠的正义使者。哪吒的逆袭，让年轻观众热血沸腾，也深深共鸣。

它承载着精神原色

《新神榜：哪吒重生》中，哪吒转世重生后成为帅气的机车青年李云祥。李云祥的形象设计相当酷炫：束起长发，英俊的脸型，挺拔的身姿，皮衣造型，妥妥的潮人一枚。李云祥突破了以往影视动画里哪吒的形象塑造，也打开了哪吒故事的想象空间。电影中的场景设计使用了大量的赛博朋克元素，传统与现代的融合、碰撞，让画面既流光溢彩又复古梦幻，相当赏心悦目。

而不久前上映的、创造近年来戏曲电影票房纪录的《白蛇传·情》，在保留传统戏曲意境美的同时，大量使用CG（计算机图形学）特效，超过90%的镜头皆为特效画面。让人尤其难忘的是长达6分钟的"水漫金山"的特效场景，卷起的波涛雄浑壮阔、汹涌而来，波涛的细节分明、浪花各异，场面雄浑壮阔、摄人心魄。

国产古装剧一直是国产剧"出海"的重镇，《琅琊榜》《知否知否应是绿肥红瘦》《长安十二时辰》等古装剧有口皆碑。这些精品古装剧不仅继承了中国传统元素，还吸收了现代精神价值与内核，让古装剧也"潮"起来。

不久前，《山河令》登陆海外视频平台，并被翻译成多种字幕，掀起海外追剧热潮。《山河令》保留了中国武侠特色和侠义精神，但它塑造的又是新的侠客，契合青年一代的成长经历与生命体验。

三

国潮正当时，是中国经济迅猛发展、文化自信不断增强、产业水平日益提高的必然结果。这自然是让人欣喜的。但任何潮流，难免有浑水摸鱼者，也不无泥沙俱下时。这股从消费领域到文化领域的国潮，亦存在一些隐忧。

比如国潮影视剧综艺，就有不少模仿跟风之作。创作者准备不足、思考不充分，火了什么就制作什么，盲目跟风、粗制滥造。有一些创作者对国潮的理解出现偏差，剔除文化背后的历史语境与深刻内涵，将文化简化为民族符号的堆砌、传统元素的拼贴，浮于表面、浅尝辄止，缺乏真正的文化内涵。创作者缺乏对文化的真正了解、平视与尊重，本质上是一种急功近利，且带着刻板成见的"文化挪用"。

创作者面对传统文化时，要先了解它、吃透它，去伪存真、去粗取精，在此基础上寻找传统与现代"共情"的结合点，用新思想、新技术、新美学丰富传统文化的表现空间，给予观众更新鲜、更具感染力的视听享受和心理冲击。

随着中国在国际舞台上发挥愈发重要的作用，国潮在国际上的能见度不断提高。国潮不仅包括优秀的传统文化，也包括当下与未来的丰富宝藏。国潮不仅要面向过去，也要面向现在与未来。就如戴锦华教授所言："我们面临着一个更高的要求，

| 它承载着精神原色

就是不仅仅要向世界展示中国,同时意味着中国崛起并不仅仅是中国经历了几百年的艰辛历史,我们终于走到世界舞台的高端,我们终于进入整个世界性的事务,终于开始参与乃至主导,甚至改变世界的走向的时候;中国文学、中国文化和表述中国上,是不是可能意味着中国向世界提供一种不一样的价值。"

因此,在第27届上海电视节白玉兰奖颁奖典礼上,反倒是两部当代题材的电视剧《在一起》《三十而已》获得了"国际传播奖"。这两部优秀的作品输出中国时代精神,向世界展示了一个更真实、更立体、更全面、更现代的中国,为世界文化版图提供一种不一样的景观与价值。

总之,国潮正当时,文艺创作者要脚踩中国的土地,关注火热的现实,不喊口号、不贴标签,以更具观赏性、趣味性、潮流感和代入感的优秀的作品,讲述好中国故事,传递出中国声音,让中国文化、中国价值与中国精神也成为"潮流"。

献礼剧：致敬、描绘与展望

杨　毅

2021年是中国共产党成立100周年，建党百年献礼剧大量涌现。这些作品"用百年党史绘就恢宏画卷，聚焦中国共产党带领中国人民从站起来、富起来到强起来的历史性飞跃，从不同角度展示中国共产党百年光辉历程、伟大成就和宝贵经验"。

一

从剧集类型的角度来说，献礼剧并非一种独立的题材，而是主旋律影视剧中的特殊类型。早在新中国成立10周年之际就有了献礼片的概念，而献礼剧的出现则较晚。进入21世纪以来，红色题材电视剧持续热播，形成了一个独特的文化现象。

新中国成立60周年和建党90周年献礼剧的播出，可以看作此类剧集的首次涌现，如《人间正道是沧桑》《解放》《东方》《长征》《开天辟地》《永远的忠诚》《风华正茂》《我的青春在延

它承载着精神原色

安》《历史转折中的邓小平》等。这些作品的内容主要包括两个方面：一是聚焦中国共产党发展历史长河中的代表性事件，二是再现创造历史、做出卓越贡献的伟人和英雄或普通而不凡的共产党员们。

2018年，庆祝改革开放40周年之际，广电总局遴选出30部重点电视剧向时代献礼，仅在当年播出的就有《归去来》《我们的四十年》《奔腾岁月》《大江大河》等剧。这些作品将此前主要聚焦历史题材的献礼剧内容，延展至改革开放40年来社会主义建设的伟大历程，把丰富而鲜活的社会生活融入其中，使得献礼剧的题材更为丰富。

今年献礼剧的大火，更是成为引人注目的文化热点。涌现出的优秀影视作品不仅将献礼剧的艺术成就推向了新高度，还突破了以往主旋律影视剧的美学风格与艺术表现，谱写出主旋律的新篇章。先是《山海情》《觉醒年代》爆款"出圈"，紧接着是《理想照耀中国》《啊！摇篮》《中流击水》《光荣与梦想》《百炼成钢》等献礼剧的集中热播。这些作品回望中国百年峥嵘岁月，还原不同年代的人物与事件，为今天的读者再现时光深处的历史风雨与时代精神。特别是，其中的一些作品"不仅尽可能地忠于历史、还原历史，也通过诸多话题、桥段、细节、人物语言等方面的设计，努力与当代观众建立心理链接，引发观众在观剧时的共鸣感和代入性"。这表明，如今的献礼剧不仅站在历史的高度上为观众描绘了百年来的生动历史画卷，还在艺术上更加注重情节和人物的刻画，不因主题的宏大而忽视逻辑和细节的合理。这不仅提升了作品的思想容量，也丰富了作品的艺术性。

二

在今年数量众多的献礼剧中，创作者很好地实现了作品在思想性与艺术性上的统一，既完成了时代赋予的讴歌建党百年伟大征程的光荣使命，也创作出吸引、打动观众的优秀作品。对于这些作品，可以从艺术性的角度分析其所呈现的影像风格和所取得的艺术成就，而更值得关注的是影像背后其讲述历史的方式。由此不难发现，众多建党百年献礼剧呈现出两种不同风格的影像结构，即通过"总体性叙事"或"历史提喻法"再现中国近现代史，以此连接建党百年历史进程，在历史与现实之间构建卓有意味的对话。

以《觉醒年代》为例，该剧用大量的史料和丰富的细节，描绘了建党前夕社会各界的真实情况，将新文化运动、五四运动与中国共产党的成立这三个重要的历史事件相连，并以此形成内在的逻辑链条，阐明三者之间的联系。通过严密的叙事链条，支撑建党事业的必要逻辑。从对科学民主的宣传，到马克思主义的传播，再到中国共产党的成立，它们共同印证了那句"中国共产党的诞生，是近代中国历史发展的必然结果，是中国

它承载着精神原色

人民选择的必然结果"。而这种"总体性叙事"的逻辑背后是基于对历史规律的整体把握，即历史的发展有其因果的连贯性和必然性。

除了以总体性把握建党的必然性之外，献礼剧也以提喻法来诠释百年来中国社会发生的翻天覆地的变化，以此凸显建党百年的伟大征程与光辉使命。其中最具代表性的莫过于系列短剧《理想照耀中国》。《理想照耀中国》从百年历史长河中截取40个片段单独成章，并有意打破了故事发生的时间顺序，在时空跳跃中完成故事的独立讲述。它不追求逻辑的连续性，而是通过"历史提喻法"来吹响献礼的集结号，完成主题的表达和升华。例如开篇《真理的味道》，截取了陈望道翻译《共产党宣言》的片段，"把它当作一团星火，置身于整个动荡的背景之中"，让观众从中感受那个时代的氛围。

在读懂献礼剧有着不同讲述历史方式的同时，也要看到不同的献礼剧联袂实现了百年来历史意识的贯通。无论是《山海情》处理的西部脱贫攻坚的问题，还是《觉醒年代》着力塑造的时代觉醒者，以及用"理想"贯穿全剧的《理想照耀中国》，它们在讲述历史的同时，始终与当下保持着问题的延续性。电视剧告诉我们，无论身处哪个时代，那些把握住历史潮流的时代先行者和勇于肩负起历史使命的时代开拓者，才是真正创造历史的主体。他们既包括那些引领时代潮流的伟大人物，也包括广大人民群众。

三

不久前举办的第27届上海电视节,围绕"建党百年"主题推出了一系列活动。其中携《觉醒年代》《绝密使命》等主旋律题材电视剧参加活动的华策影视集团总裁赵依芳提出了一个值得关注的观点:"中国共产党的百年奋斗史本身就是一部民族的青春奋斗史,我们必须用年轻化的表达,让年轻人更加喜爱。"

用年轻化的表达,呈现时代主旋律,就是作品在思想传达与艺术表现等方面,营造出的和年轻观众进行对话的空间,并与年轻观众形成思想和精神上的共鸣。综合来看,献礼剧的这种"年轻态"主要是基于以下层面:

第一,以剧中人物的成长,"同步"屏幕内外年轻人的心灵。历史长河中那些英勇无畏的革命先驱,何尝不是那个时代奋发有为的年轻人?当今天的"90后""00后"在弹幕上刷着"泪奔""致敬"的文字时,穿越时光的"同龄人"瞬间在屏幕内外达成了心灵上的共振。通过对作品中那些有着青春脸庞、昂扬姿态的前辈故事的体认,年轻观众获得了同理共情,也接续了责任与使命。《理想照耀中国》在充分了解青年人文化需求的基础上,将历史真实转化为艺术真实。通过巧妙的叙事策略,该剧实现了融情表达,从而感动青年观众并向其反哺精神养料,启发青年一代从党史教育中汲取奋进力量。《觉醒年代》不仅将陈独秀富有生活气息的面向充分表现出来,也讲述了他和陈延年、陈乔年父子间的情感历程,还原了革命伟人的真实生活和情感,让观众感动于那个年代年轻人走上革命道路的决心。

第二,以高度艺术化的场景,触发精神共鸣与形成关于青春的情感动员。对于"青春"的认知,今年的献礼剧有一个明显的特征:使之成为在精神层面上具有历史合理性和时代感召力的"历史青春",而不仅仅是外在的青春形象。这种"历史青春"表现为剧中人物不仅有着年轻的面庞,更有着把握住历史发展规律和国家前途命运的坚定信念。《觉醒年代》中无论是革命领袖还是北大学子,他们为探索救国道路表现的昂扬斗志,不正是时代觉醒者绽放最美青春的时刻吗?当观众看到延年、乔年英勇就义的场面,特别是与陈独秀送别他们去法国留学的画面叠加的时候,那种青春在历史中激荡的力量怎能不令人动容?当屏幕上浮现讲述革命先烈们英勇事迹的字幕时,那些年轻而伟大的生命怎能不令我们发自内心地敬仰?

由此可见,优秀的献礼剧,不仅是对历史的致敬,也是对时代精神图谱的描绘,更是面向未来的展望。

激活想象力、创造力，抬升当代电影创作地平线

李建强

近年来，一些电影精品的创作越来越富有想象力和创造力，给人以莫大的精神冲击和审美感召。不过，不少研究认为，不是所有的电影都需要想象力，只有那种"具有超现实、后假定性美学和寓言性特征的电影"才能进入想象力消费的行列，才具有想象力消费的品质。对此，笔者觉得似有辨析和匡正的必要。

众所周知，电影艺术本身就是想象力的产物。电影浩瀚的时空足以承载无穷的想象力，任何内容、题材、形式、风格的电影，包括现在主打的新主流大片，都可以而且应该具有想象力，因为这是决定一部作品是否具有创造力、能否赢得观众的重要标准之一，特别是在互联网时代，在Z世代和千禧一代已经成为主体观众群的当下。

前不久上映的电影《1921》，描绘的是百年前中国共产党建党的征程。按常规思路，这样重大严肃的革命历史题材，必

当用如椽写实、中规中矩的笔法，不能随便越雷池一步。而该片主创团队一开始就明确：《1921》不仅要"完成叙事"，更要"完成对话"，让新时代的观众触摸到百年前的历史温度。用黄建新导演的话说："我们想的不是应景之作，而是一部真正好看的电影。"整部影片充满了想象力，将历史、抒情、纪实、惊险等多种手段糅合在一起，是一部神采飞扬、致敬历史、点燃当下的作品，看后令人浮想联翩、思绪万千。

同样，以中国共产党主要创始人李大钊为原型的电影《革命者》，摆脱写实主义电影的经验范畴，"以一种类似齿轮咬合传动系统式的精密性，将早期共产主义革命者的'初心'情动化"，激情四溢，将早期共产党人的博大胸襟嵌入每一个受众的心里。特别是该片呈现毛泽东、陈独秀等的独特视点，表现张学良、蒋介石、吴郁文等的别样视角，出神入化人物，迭代重组历史，以前所未有的表述和显现，给人以不尽的联想和想象，大大延伸了电影想象力消费的地平线。

像《1921》《革命者》这样传统的历史正剧都可以如此挣脱羁绊、神思飞越，还有什么题材不可以充满想象力、不可以别具一格呢？从近期一批新主流大片出奇制胜的成功实践来看，我们实在没有必要人为地设定想象力的疆域地界。跳出原来已经相对固化、供给过剩的领域和样本，让思想冲破牢笼，用创意开发市场，给观众带来更多更好的观影体验，只有这样，才能满足当代观众不断提升的审美需求，才会对创作不断提出新的更高的要求，也才可能更好地实现电影共同体美学的建构。

由此，笔者想呼唤两点：一是善于用消费想象力去引导想象力消费。想象力消费是对观众而言的，消费想象力主要是对生产者而说的。两者之间的无缝对接，正是当代电影艺术新的爆发点。现在我们越来越清楚，一个影像故事主要是浪漫主义还是现实主义，有时候并不那么重要，重要的是让观众能够接受它，要给观众留有充分想象的可能和空间。特别是进入新消费时代以后，观众更多需要的常常不再是静态的情感宣泄，而是一种自我投射、自我沉浸、自我定位；是通过影像确证家国情怀、感悟自我标识。因此，对于创作者来说，既要了解自己擅长什么、表现什么、主打什么，更要知晓观众想看什么、认同什么、会意什么，注重想象力的接续、传递和生发。

新近有两部主流作品就很有说服力。一部是《柳青》。影片是根据柳青的女儿所著传记改编的。由于受到情感和身份定位的限制，柳青在片中所有的行为都是依照"可敬的父辈""人民的作家"的基调来铺设的。过分恒定和完满的人格预设，使观众可以发挥的想象空间比较有限，再加上年轻观众对柳青这个历史人物缺乏了解，难免有一种远隔千里的感觉，难以产生同频共振（影片拍得相当认真、相当用心，但最终只是被淹没在波澜不惊的影市"一日游"榜单里）。另一部是《守岛人》。同样以真实的模范人物作为拍摄对象，但影片从日常入手，通过人物一次次在守与走、得与失、苦与乐中的心灵博弈，将人物放在平凡与非凡之间转换、游弋和挣扎，布满了生活的质感和可以扩张的精神矢量，正是这一系列潜伏的心理留白和空间，带动了观众的想象力消费，最终票房超过1.37亿元（与同期上映的《柳青》形成对照）。可见，一部作品想要获得市场预期，应在制作过程中驱动消费想象力，特别是要善于把观众的愿望、立场和趣味吸纳进来，用消费想象力去引导想象力消费，留出更多的罅隙和空缺，让观众通过自我感悟来加以补充和缝合，这对于引导和链接消费都甚是重要。

　　二是善于创造和坐实各种新的想象力消费点。电影潜藏的魅力无所不在，传统电影与观众之间的互动较多依赖的是视觉和听觉，主要作用于人的神经元，在大脑皮层相关区域形成兴奋曲线。实际上，电影的每一个横断面，包括选题内容、情感格调、叙事方式、风格呈现，甚至排映方式、影片预告和档期安排等，都可能影响观众的消费倾向，有些甚至较之前者更能够调动观众的情感共情和认知共情，因此一样也不能将就，一项也不可凑合，以形成更高、更清晰、更可辨的性价比。看近年来一些老少咸宜的"高消费"电影，如《你好，李焕英》《我和我的祖国》《中国机长》等，其实它们大多在视觉和听觉方面并无特别加持。《你好，李焕英》因为主打"母爱"，和"合家欢"牵手而爆棚；《我和我的祖国》因为颂扬爱国主义，与"国庆档"合拍而出圈；《中国机长》因为再现生命体验而惊艳……在这里，消费者得到的不仅是视听觉的刺激惊愕，更借助文本在心理补偿、宣泄情感、认知历时和共时的诸多情境上得到了满足，兑现了自己心目中的"高性价比"。

对于性价比，我们过去关注甚少，经济学家却明白无误地告诉我们："追求性价比，追求产品品质已经成为新中产最看重的消费内涵。""高性价比的产品，才是年轻人最主要的消费需求。"对影像品质的严苛与挑剔，成了这几年主流大片崛起的基本要素，也成为市场冷热的分水岭。只有当我们的产品充满想象力和创造性，兼有服务经济和体验经济双重刻度，向消费的纵深扩展，它的社会价值和市场价值才会完全呈现，电影的精品战略也才能真正落到实处。

电视剧如何演绎成功的"中国提喻法"
——浅谈近期重大题材电视剧的热播及其启示

程　波

近期热播的多部国产电视剧引起了观众、市场、主流媒体和学界的颇多讨论。其成功背后的创作策略颇具启示意义。

毋庸讳言，中国当代电视剧制播生态中，长期存在着诸如资源配置不合理、制播比高、发行渠道"内卷"化、演员高片酬等问题，特别是在新技术和新媒体的冲击或带动下，电视剧的主题题材、情节结构、制作水准必须应对"沉淀"和"创新"的双重压力，面临"量"和"质"的关系的重新调整。

所谓"减量提质"并不是说电视剧创作的量过大，或者说需要限制规模，而是相较于人民日益增长的对于优秀电视剧的需求而言，量其实还不够。这里还需要考虑到一个前提，即当下电视剧的生产环境中还有一些诸如制播比过高的顽疾。很多制作好的电视剧，因为质量、渠道等问题难以播出，浪费很大。这里涉及的一个重要问题就是资源的同质无序竞争，大量的资源配置不合理，有"内卷"化倾向。前些年是争夺渠道，近年来渠道发生了一些变化，但台网融合背景下渠道乃至其他方面资源的争夺依然激烈。从这个意义上来说，"减量"就是要去库存、去泡沫。另一方面，要从"质"的角度上挤压电视剧生产的水分，有序引导，规避作品题材选择上一拥而上的情况。比如，《山海情》出来之后，同类题材的作品已经或者即将大规模地进行生产，其中既不乏《经山历海》《江山如此多娇》这样有较为独特地切入精准扶贫和乡村振兴主题的视角、质量上乘的作品，也可能因低劣模仿者和投机者的出现导致鱼龙混杂的局面。"山"和"海"在具有普遍性的同时，又具有一些不可复制性的门槛，不通过认真又富有创造性的创作过程的历练，想轻易跨过这个门槛，往往适得其反。在这个意义上来说，挤压水分是减量的题中应有之义。

"减量提质"还需注意到电视剧生产受疫情影响带来的制与播的时间差问题等背景。在这样的语境下出现了重大题材电视剧热播的现象，这很值得探讨。从作品形态来讲，重大题材本身会因政策杠杆影响到电视剧生产的方式，《觉醒年代》等作品有较长时间的准备和较为充分的策划制作，但有些作品又多少带有"加急任务"的色彩。有意思的是，这些作品从文本出来的效果看，质量又非常好，市场、老百姓和主流媒体都很满意。这不禁让我们思考：在"减量提质"以及疫情的大背景下，是什么力量使得这样的创作方式能够产生如此的效果？笔者以为，这里面存在着一种外力。这种外力帮助电视剧生产在一个个具体的项目环境中规避了一些大的语境中存在的问题，比如收视率焦虑的问题、演员片酬过高的问题，以及因演员薪资过高导致电视剧制作环节中制作费占较低投资比重、项目投融资过程中的不规范问题。而在重大题材相关政策语境的保障之下，类似于《山海情》和《跨过鸭绿江》的制作方式里，这些问题都会被政策语境的外力屏蔽，让主创团队带着聚精会神、心无杂念的精神状态投入创作中，聚焦电视剧本身的质量问题，将重大题材本身所具有的思想性和艺术感染力很好地发挥出来。文本质量得到保证，热播就不再是一个偶然。

除了外力，一部电视剧的热播当然还要依赖电视剧生产的内功。《山海情》精练完整、细节丰满，很多颇具匠心的地方经得起反复琢磨，甚至多次观看依然会令人感动。可以说这样的作品里有"面香"，比如，观众能在电视剧里得福、得宝做的事情中，咀嚼出类似于当年柳青《创业史》中梁生宝买种子时，在路边吃一口馍、喝一碗面汤时嘴里弥漫出来的面香。这是具有生活质感、经得起掰开来揉碎细细打量的东西。《经山历海》所呈现的即时感和当下性也很有创新，作品将扶贫和乡村振兴无缝衔接，讲述进行中的而非过去的事情，"山海的相远呼应"在时间和空间上演进为"山海的当下一体"。《觉醒年代》对年轻观众的吸引力来源于创作者对历史长期研究的内功，以及在这基础上颇有创新性地找到符合新时代年轻人的审美需求、人物情节的个体性与青春感。这样的东西来源于电视剧创作者，虽有语境的外力，更是排除干扰后激发出来的内功。这是能进入生活内部的能力，是具有戏剧感染力和可读性的现实主义方法，是真正的人民美学。

《山海情》《觉醒年代》《跨过鸭绿江》《大江大河》《江山如此多娇》《经山历海》《装台》等作品，用历史和现实中的一部分折射了波澜壮阔的整体，以具体的人物和生活呈现国家发展历程中的重要主题，可以说是一种成功的"中国提喻法"。"提喻"是外力和内功的综合，优秀的电视剧从某种意义上来讲都应该成为中国提喻法的范例。

近期重大题材电视剧的热播，可以带给当下的电视剧创作非常好的启示，笔者以为这种启示具体包含了这几个方面：

需要进一步探讨是否有可能不断完善电视剧生产的政策和市场环境，让"重大题材"一时一地一政策的外力，能成为长效和全局语境，以利于创作者内功的发挥。

如何处理重大的历史和现实题材中"普通人"和"生活感"的塑造问题？重大题材作品需要平民化的视角和接地气的表达，日常生活或者具有类型感的题材作品同样如是。一部作品从局部走向整体的时候，比如从方言、地域走向文化整体性的时候，需要激发更多的观众产生整体性的共情。《觉醒年代》《跨过鸭绿江》"家国同构"的人物关系与情节，《山海情》《装台》的泛西北话，《大江大河》的泛苏浙感，都很好地处理了这一问题。

电视剧在处理一些带有中国传统文化色彩元素的时候，如

| 它承载着精神原色

何使其通过生活本身产生当代化的可能性？当代化，一方面是我们如何去发掘和面对中国传统文化的东西，对它进行当代化的阐释、传播；另一方面就是要从当代人的精神和生活的"面香"里找到中国传统文化的优秀基因。近期热播的这些电视剧里，观众所看到的那些动人的东西，某种意义上来说正是中国优秀传统文化基因的延续。